Arnoldo Rosas

De Amores y Domicilios

De amores y domicilios

Arnoldo Rosas©

Coordinación editorial: Roger Michelena
Diseño gráfico: Mariano Rosas
Fotográfia: Daniela Rosas Olavide

ISBN: 978-150 30 68 001

Primera edición impresa con FB Libros C.A. noviembre 2014

@FBlibros/@libreros

ficcionbrevelibros@gmail.com

058+424.115.8066

www.fblibros.com

Arnoldo Rosas

De Amores y Domicilios

A todos los que me vieron por allí.

"Any Place I Hang My Hat Is Home"
T. Johnny Mercer

Amazon - "New"

Amazon Fullfillment Services
172 Trade Street
Lexington KY 40511

$ 14.95
$ Prime
$ 0.90

$15.85

- ord: 10/31/21
- rec: 11/1/21 !!

SANTA FE NORTE

¿Has tocado el timbre de mi casa? A veces no suena. Cosas de electricista aficionado. Lo instalé un fin de semana cualquiera, hace tiempo atrás. En general cumple su función, pero, de pronto, echa chispas y nos deja a oscuras; otras se dispara solo; otras tantas no suena.

Uno de estos días, Carmen, mi esposa, cansada, contratará a un profesional para solventar el problema; mientras, tendremos este detalle irregular que de alguna manera nos recuerda que sólo Dios es perfecto.

Punto curioso, se me olvidaba decir, nadie aún se ha quedado afuera esperando ser recibido. Suene o no el timbre, alguno de nosotros abre la puerta y recibe al visitante. Como si los cortos circuitos lo conectaran a nuestros corazones para decir al unísono:

– ¡Bienvenidos, pasen adelante!

La sala muestra al azar lugares visitados: solo, en pareja, en familia. Costa Rica enlaza a India, y Perú conecta con Chéster, Cheshire. Pakistán sirve de apoyo a Fort Worth, Texas; y Tintorero brinda sombra a Tigre, Argentina. Sao Paulo, junto a Fráncfort, acompaña a República Dominicana en la pared frontal. La Guajira apoltrona un licor jamaiquino... ¡Veleros de Panamá! ¡Tallas del Ecuador! ¡Caracoles de la Margarita! ¡Artesanías de Paipa! ¡Autobuses londinenses! ¡Sillas de Falcón! ¡Molinos de Holanda! ¡Cerámica romana! ¡Cerámica española! ¡Cerámica francesa!: ¡Rueguen por nosotros!

En la mesa del centro: fotos. Muchas fotos para Daniela, mi hija, cronista privado y familiar. Las colecciona, las clasifica, elabora collages, arma árboles genealógicos llenos de afectos. No en balde estudia Comunicación Social. Difundirá nuestras historias como chismes de pequeños burgueses al margen de cualquier grandeza que nadie quiere, que nadie busca. Nada más allá de ese día de playa, de ese bautizo, de esa primera comunión, de ese acto académico, de ese matrimonio, de ese otro bautizo, de esa otra primera comunión, de ese otro acto académico, de ese otro matrimonio, de ese otro día de playa... Todos tan parecidos, donde sólo el tiempo y la calidad de la foto cambian. ¡Ah jueguito el tuyo, Daniela querida! ¡Coleccionar un álbum con puros cromos repetidos!

Ese gallo de madera, obsequio de mi compadre Carlos –el que está al lado del equipo de sonido, sobre el libro naranja que me regaló Claudia, mi cuñada– desconoce su naturaleza. Rechaza su condición inanimada y, a los primeros rayos de sol, nos despierta consistentemente con un canto portentoso y electrizante.

Andrés Ignacio, mi hijo menor, ha intentado servirle de terapista, de psicólogo:

– Eres un adorno –le dice–. Tú no cantas, sólo estás y embelleces.

Pero no hay modo: Inmutable, continúa el rito matutino, sin alzar un ala, sin abrir el pico, sin levantar vuelo, con el canto claro y fuerte del que se sabe poderoso.

Al final de cuentas, reflexiona Andrés Ignacio, mejor así:

– ¡Siempre estoy puntual en la escuela!

Mi rincón, tú rincón, nuestro rincón. Mi espacio tiene nombre y un cuadro colorido con una sartén y un pescado frito, y música de toda índole: jazz, folklórica, popular, balada, ranchera, tango, rock... Para que escuchemos lo que te gusta mientras conversamos y bebemos algo que anime la charla en este sofá-cama donde me arrincono y pienso y recuerdo e imagino y me fugo y me apersono y me confronto y me conforto: Mi rincón.

Pero este sofá-cama también es nuestro hotel para visitantes. Servicio cinco estrellas para hermanos, primos y compadres; viajeros todos que buscan este refugio en las no tan deseadas visitas a la capital.

Se abre en la noche y se arregla con sábanas limpias y un par de caramelos sobre la almohada como toque de cariño y picardía que Carmen le pone.

Se guarda en la mañana mientras el ocupante disfruta un café después del baño.

¡Tanto esmero y nunca una propina!

¿Qué te ofrezco? Un licorcito siempre es bienvenido para matizar la conversa. Aprendí de un conocido, un compañero de trabajo, a tener la mayor variedad posible de licores para ofrecer. Es como de mal gusto decir "de eso no tengo", decía. Retaba al visitante a solicitarle algo que no tuviera en la despensa de su bar, por tipo o, incluso, por marca. Nunca lo vi perder el reto. ¿Lo extraordinario? Era abstemio. Sólo agua, jugos y refrescos bebía.

Del resto de la familia qué te cuento:

Nairobi, mi hermana, nos visitó en algún momento memorable: un bautizo, una primera comunión, un aniversario importante...

Papá murió, era hora...

Mamá no recuerda nada, sólo el olvido, el olvido, el olvido...

Fiel creyente de que la vida es sueño, Jesús Rafael, mi hijo mayor, duerme.

Ha perfeccionado este arte. Duerme de día y no se desvela de noche. Duerme y come Jesús Rafael. Come y duerme Jesús Rafael. Día y noche, duerme Jesús Rafael.

Para hablar con él, saber de él, estar con él, he contratado los servicios de un famoso hipnotista.

En la profundidad de la inducción, todos reunidos en familia, vamos de paseo a los lugares adonde Jesús Rafael nos conduce.

Ahora lo entendemos.

Ninguno de nosotros quiere despertar.

Daniela tiene un sueño recurrente. Un espacio blanco irradiante, sin sombras, sin matices de color, sin sonidos. Sólo una silla blanca en el centro.

De pronto, alguien de la familia está sentado allí: sin hablar, tenso, con el torso erguido, las manos en el regazo, las piernas rectas, la vista al frente, inexpresivo.

Cada vez es alguien distinto. Primero el abuelo Agustín, después el abuelo Charo, la abuela Carmen, la tía Marichu...

Nos queda claro. Al contrario de ciertas películas con elencos fuera de serie, en los créditos del sueño, iremos desfilando por la silla en orden de desaparición...

En algún descuido mío, la casa se nos convirtió en un zoológico: peces de pelea, periquitos australianos, canarios mustios, hámsteres atolondrados, tortugas coprófagas, perros insaciables... Gracias a Dios, ya estamos de regreso. A fuerza de indolencia se nos fueron muriendo. Sólo el Chespi y una pecera vacía nos quedan.

Chespi, la mascota de Daniela, se orina por doquier. A orines de perro va oliendo íntegro el espacio. Ciertos días el hedor se siente desde afuera.

Lidis, la señora de servicio, persigue el olor con cloro, desinfectantes y aromatizadores asperjables en franca competencia con la vejiga del animal. ¿Quién ganará? Apostamos, aún a conciencia de conocer la respuesta. A estas alturas, ¿quién desconoce las Leyes de la Termodinámica?

Lidis va y viene a lo largo del año. Toma trimestres sabáticos sin aviso ni protesta. Viajes a su terruño, quizá para renovar el acento, para ver a los hijos, para gastar los ahorros.

Carmen le hace la suplencia con un ahínco increíble, para descubrir y redescubrir que nadie cuida o limpia como uno y que definitivamente no vale la pena pagar lo que se paga.

Pero Lidis siempre regresa y la recibimos como si nada: vagabundos que somos, caradura que somos...

Por algo lo dicen: ¡La confianza da asco!

También tenemos un fantasma. No huye a ensalmos, ni a dientes de ajo, ni a pencas de sábila, ni a velas benditas que alumbran en la noche. Fantasma valiente y colaborador: tiende alfombras al paso de la aspiradora y recoge vasos sucios olvidados en las habitaciones. Pocos, ajenos a nosotros, lo han visto. Nadie se asusta. Ventajas de la ciudad: ¡Fantasmas mansos entre tanto vivo pendenciero!

¿El baño?

Como en cualquier bar, al final del pasillo, a la izquierda.

Disculpa el desorden. Tú sabes, tres adolescentes se turnan su uso. Por más que Carmen y Lidis luchen, persigan, acosen; no hay manera de que se pierda el aire de campo de batalla...

Eso sí, ¡limpio y con aromas de popurrí!

Tres adolescentes que van restringiendo nuestros espacios y se van apoderando inmisericordes de cada centímetro, de cada molécula de oxígeno y dejan sus huellas sin intención alguna de encubrirlas, dueños absolutos, amos del universo...

¿Por qué distendieron mi cama? ¿Quién me cambió el canal del televisor? ¿Dónde está mi camisa? ¿Alguien se llevó mi libro? ¿Por qué me prendieron la computadora? ¿Han visto mi cepillo para el pelo? ¡Daniela, ¿tienes mis botines?! ¡Andrés Ignacio, ¿te acabaste mi cereal?! ¡Jesús Rafael, ¿tienes mi almohada?! Nos escuchas a diario, clamando en el desierto...

Como a los ositos aquellos, Ricitos de Oro ha venido a visitarnos... ¡Gracias al Cielo!

¡Ojalá hubieses venido entonces!

Pero alguien nos recordó las quimeras, las utopías, las libertades, los derechos... Salimos a buscarlos con sonrisas, con cantos, con esperanzas, por las calles... Sin embargo, los Gobiernos no tienen madres, no tienen hijos, no tienen hermanos, no tienen amores... Sólo botas, peinillas, bombas lacrimógenas, perdigones, metralletas tienen... Allá quedó el asfalto, el concreto, rojo, rojito de sangre nuestra, y acá esta soledad terrible de espacios vacíos...

Mantel con migas. Servilletas arrugadas. Cenicero sucio. Vasos con posos. Hielera con agua. Lavaplatos atestado. Sillas desordenadas... Botones abiertos. Párpados caídos...

Un último café.

¡Vuelve cuando quieras!

Apago la luz.

Amén.

ASUSTANDO A PAPÁ

Ese día nos inventamos lo del muñeco.

Mi hermana trajo los cojines y las sábanas. Yo le puse una chaqueta y una gorra. Lo sentamos frente a la peinadora y nos fuimos a esperar los gritos.

Más tarde escuchamos cómo papá se reía contándole a mamá que quisimos asustarlo con un monigote.

Entonces se nos ocurrió lo del cuchillo y la salsa de tomate.

Entramos al cuarto y el muñeco...

¡Qué suerte que volteó a tiempo!

Aún recuerdo sus ojos espantados, la paliza que nos dio.

RITUAL CON MAR, LLUVIA Y CUADROS DE MANET

Sábado al fin, sin duda cumples el rito complejo y personal de consentirte.

Despertarás sin las urgencias del día. Retrasarás levantarte, retozando entre las sábanas. Reacomodarás la almohada acoplándola a la forma de tu cabeza, acurrucando las mejillas hasta sonreír plácida por la ergonomía del soporte. Estirarás pies, piernas, brazos, manos... Se tensará tu vientre con esa tensión riquísima que has anhelado toda la semana... Acariciarás muslos, senos, hombros, cabellos. Recorrerás todo tu cuerpo. Pero no, no irás al centro del placer; encuentras vana la autocomplacencia, estéril desgastarte... Tornarás a la posición fetal y, de nuevo, te cubrirás con el embozo... Otros diez minuticos más... Sentirás que no hay apuro, y estás tú contigo, y estás como en sosiego, sin deberes, sin obligaciones. Dispensarás un bostezo y un murmullo de satisfacción que te viene de adentro, adentro... Allí, desde la cama, te quedarás mirando al frente, hacia el collage de obras famosas de Edouard Manet que gustas creer eres tú en poses inverosímiles de vidas pasadas, de personalidades secretas, de ánimos efervescentes y no compartidos, apenas con amantes olvidados... Diez minuticos más... Olympia, eres Olympia y el gato no tiene nombre. Sólo está en la esquina erizado. ¿Fúrico? ¿Temeroso? ¿Protegiendo el territorio que cubres con la mano? Estás desnuda como si no. Como si no estuvieras desnuda, Olympia, con el gato sin nombre a tus pies sobre la cama. Únicamente una cayena en el pelo te viste, cubriendo tu desnudez. Como si no te importara o no tuvieses conciencia o si es que aún desnuda estuvieras vestida o es que te basta la mano obstruyendo la entrada de tu pasión. Miras como si así fuera, digna y distante, Olympia. Sólo ahora entra la sirvienta negra ofreciéndote el manojo de flores ¿Presente del tipo aquel? Ni volteas a verla... Diez minuticos más...

Espero y sé de tu llegada. Una cerveza gélida es la compañía precisa en este rancho marino, restaurante turístico, nocturno refugio de discretas parejas. Lejos. Lejos de algún encuentro indeseado, imprudente, desestabilizador... Y el mar tan próximo, tan acá, tan apaciguante, tan estimulante... Describo tu rostro a oscuras. De memoria detallo tus rasgos. El peinado rebelde de tu pelo crecido. Las cejas delineadas en arco. Los párpados sin pliegues que dan la impresión de letargo. La nariz recta y delgada. Los labios generosos que invitan al beso y mil cochinadas ricas que uno imagina.

Los sábados no hay dieta. Prepararás el desayuno sin conteo calórico ni raciones ajustadas a tabla alguna. Disfrutas desayunar; aunque durante la semana tan sólo tomes una galleta de soda y un café negro antes de emprender la carrera para llegar puntual a la oficina o, al menos, antes que el jefe. Te encantan los desayunos variados y completos, como en un bufé de hotel. Dedicarás tiempo para arreglar el espacio de la mesa, para hacerlo agradable, a tu antojo: una flor, un mantel individual de urdimbres artesanales y colores pasteles, servilleta de tela bordada, la jarra de porcelana para el café o el té de aromas frutales, según la inspiración del momento; la jarrita blanca para la leche; la vasija de cerámica con ese palito de madera que tanto aprecias para servir la miel... Te agrada disponer de varias fuentes y platos para queso, mantequilla, embutidos, mermelada, tostadas... Te servirás con cuidado, con esmero, con parsimonia... Morderás el bocado de a poquito... Masticarás bien, tratando de discriminar cada sabor, cada textura, cada matiz... Te deleita estar así, sentada desnuda, con las piernas cruzadas, sosteniendo el pan frente a tu boca, lejos del tráfico de las mañanas, de las noticias de la radio.

Llegaste. Estás a mi lado hace ya varios minutos. Tiendo mi brazo por el respaldar de la silla e inclino mi cuerpo hacia ti. Ligeramente te acercas, aún guardando la distancia, conservando la espalda erguida y la altivez del cuello. Nuestras miradas se enlazan ajenas al entorno. Mi otra mano acaricia el vaso de cerveza como si fuera tu muslo o tu seno. No te han traído aún la bebida y tus manos reposan juntas sobre la mesa, una sobre la otra, extendidas. ¿Hay un cuadro así en el collage frente a tu cama? Sí. La Thuile no sé qué, creo que es su nombre. Uno donde el mesonero, distante, observa a la pareja enamorada. ¿Qué percibe ese hombre servil que porta una jarra de metal y sostiene un mantel bajo la axila? ¿Recordará una juventud de amores furtivos en otro café, en otro bar, en otro puerto? ¿Algo de envidia, quizá? ¿Te juzgará en ese instante? ¿Te ha reconocido de visitas previas con otro interlocutor que extiende el brazo hacia el respaldar de la silla y ligeramente se inclina hacia ti y acaricia, con la otra mano, el vaso como si fuera tu muslo, tus nalgas, tus senos?... ¡Qué importa el mesonero si ya te trae la bebida!... Noto que las alas de tu nariz se inflaman. Respiras profundo. Oigo tu respiración... Me deseas... Sé de tu íntima humedad más allá del espacio que nos separa en la mesa... Tus ojos se entornan y tu boca se entreabre anhelante... Juegas con el borde superior de la copa... Índice derecho recorriendo el canto de cristal con lentitud... La lengua asoma recorriendo los labios... ¿Te transmite mi mirada tanto amor nervioso como en el cuadro?

La cera, enriquecida con Aloe vera y Vitamina E natural extraída de germen de trigo, se estará calentando en el microondas de la cocina, predisponiendo la cuidadosa depilación de cada centímetro cuadrado de las piernas, de los empeines, de las ingles, del pubis, del ano, de las axilas, del entrecejo, del bozo, de los antebrazos... A lo largo de la semana han ido aflorando casi imperceptibles, pero definitivamente presentes, vellosidades indeseables: Imposible afrontar los nuevos días con la insatisfacción de una piel hirsuta... El proceso es lento, doloroso, extenuante, preciso; requiere de concentración y posiciones exageradas, contorsiones frente al espejo bajo una intensa luz, no siempre disponible en el cuarto de baño.

Las uñas de los pies y de las manos requieren atención especial... Pero, antes, ahora sí, encenderás la música. ¿Jane Monheit? ¿Taking a Chance on Love: Bonus Track: Over The Rainbow? Caminarás desnuda de vuelta al cuarto con el equipo de música portátil. Te fascina tu desnudez. El apartamento es sólo tuyo y no necesitas de albornoz, ni de toallas que molestan la libertad. Te gusta andar descalza y sentir la frescura del piso. Los premios de ser independiente, te dirás: sin perro que te ladre, ni árbol que te cobije. Sobre la cama tenderás un paño mediano y ubicarás pinzas, limas, piedra pómez, aceites, crema humectante... A tus pies una ponchera de agua tibia y sales aromáticas y enriquecedoras... Seguro iniciaste con Jane Monheit el cuidado de tus uñas.

Es tu mano en lo oscuro un temblor. La calle. Carros estacionados. Brisa de mar. Un temblor que viene de adentro y sacude y asusta. Apenas las pálidas luces del alumbrado público en la noche. Nadie más en las afueras. Un temblor que asusta y alegra y somos. Un paseo en silencio por el pueblo de casas viejas pero conservadas. El vahaje marino entre las hojas, muy tenue. Un temblor que asusta y alegra, que somos y queremos y estamos conscientes de ello. Al fin la plazuela y los bancos de cemento. Al fin el beso.

Te visualizo en la tina. Baño iniciático de agua tibia, espuma y especies. Sumergida hasta lo preciso para respirar, como si durmieras, ciertamente ausente. Presiento el olor a mandarinas del incienso y la música suave de un saxo tenor desde el equipo que has acercado a este espacio... ¿Stan Getz?... ¿Estás allí? Puedo jurarlo... Prefieres así, y no parada en la ancha cubeta de zinc, restregándote con una esponja natural, como "La Dama en la Bañera" ¿Te has fijado que mira como si alguien la observara mientras se lava? Como si supiera de nuestra presencia de espectador. Debe ser excitante bañarse y saberse espiada, avizorada, atisbada con lujuria por alguien oculto y desconocido que no sabe que sabemos. Dedicarle los movimientos y mirarlo de reojo sin que perciba que lo vemos y que sabemos que está allí... ¿Es Wynton Marsalis quién ejecuta la trompeta en The Midnigth Blues?... Imaginarás que te observan mientras semiduermes en la tina... ¿Quién? ¿Quiénes? Tus ahora anónimos amantes del pasado, quizá... El tipo aquel... El que te conté... Un tipo con el que estuviste... Todos ellos, escondidos, agazapados, para poder disfrutar de nuevo de tus formas, así sea de lejos, pero en vivo y en directo... ¿Sonreirás?

El mar nos habla profundo y a los ojos. Es de noche y hace frío. Tu mano en la oscuridad es un temblor grato que me toma tenue y me estremece. Siento el sudor de tus miedos y me sé poderoso. Caminamos muy juntos por la orilla apenas percibiendo el sereno y la brisa. El mar que toca nuestros pies desnudos y huye para regresar en un pisa y corre de timidez y picardía... ¿Acaso es un sueño?... La ternura de tu boca... El fuego de tu vientre... El terremoto de caricias... El huracán de arena sobre nuestros cuerpos... Quizá.

Con agilidad de prestidigitador armarás con el paño un turbante para recoger la cabellera húmeda y sedosa. A diferencia de otros días, pasarás por alto las gotas que han saltado de ti y dibujan un arco sobre las lozas azules de la pared. No las limpiarás; ya habrá chance el lunes u otro día rutinario no exclusivo para ti. Tomarás la gran toalla blanca con la que te cubres íntegra e irás hacia la cama. ¿Es Diana Krall quien canta? ¿The Look of Love? Te acostarás sobre el edredón mullido y, despacio, despacio, despacio irás enjugando primero los pies, los dedos de los pies, uno a uno... ¿Quién te sorprende, Nympha, mientras te secas? ¿Qué amante perdido ha entrado a verte? No te gusta, Nympha, ese inventario de nombres y rostros del ayer; sí las escenas que son recuerdo y vivencias repetibles de manera renovada en cada nueva relación. Lo pasado, pisado, Nympha... No te place hablar de eso... Ocasionalmente con las amigas, una noche de viernes de cervezas, cuentas alguna anécdota divertida, siempre referenciando anónimamente al coprotagonista: Un tipo con el que estuve. El que te conté. El innombrable. Un ex... Te secarás los pliegues con cuidado, consciente de la extraña presencia de este observador hambriento de tu piel. Del aroma de tu piel limpia. Un aroma tan de ti, Nympha... Te abrazarás para sentirte protegida y permanecerás recostada en la cama, plácida, con la mirada hacia el techo, con Diana Krall estéticamente impecable cantando para ti.

Es de noche y está oscuro. Quiero verte, me llamas. Y es que en esto del sexo, no mientas las cosas por su nombre. Lo eludes con términos cursis y absurdos: vernos, los altos, lo de abajo, lo de atrás, besar, sentirnos. Vamos a vernos... Me haces falta... Me siento ridículo y hasta ofendido en la intimidad al escucharte esos términos asépticos, impolutos: glande, pene, ano, felatio, cunnilingus... Necesito palabras más próximas, más sonoras, más propias... El placer no tiene que ser vulgar, dices. Me reconforto cuando explotas en: ahí, ahí, ahí... Frente al mar... En el hotelito de las afueras... En el carro antes de dejarte... En el rincón de un baño... En la mesa del comedor... Vamos a vernos... Me haces falta.

Seguramente Norah Jones interpretará “Come Away With Me” frente al espejo. Es hermoso ver cómo te arreglas el cabello, cómo lo oreas con el secador, cómo lo cepillas, cómo le das forma, Naná. ¿Un cliente? ¿Tu productor? ¿Tu admirador patrocinante? ¿Tu mecenas? Siempre te han gustado los hombres mayores, Naná... No sé, me dan seguridad, dices... Es excitante detallar cómo te maquillas; cómo delineas las cejas en arco perfecto; cómo esparces las cremas; cómo manejas los pinceles; cómo haces más apetitosos tus labios... ¿La sonrisa es de burla, Naná? ¿De tu amante te burlas, Naná?... Toda relación termina, ¿sabes?... La dependencia es odiosa, ¿sabes?... Es siempre mejor iniciar otra, dices... Te excita ese temblor de los primeros días, esa desesperación por los encuentros. La impaciencia por la piel, por descubrirse... Después es historia repetida, dices... Aburre, dices... Norah Jones habrá cedido el escenario al Nat King Cole Trío: "Dream a Little Dream Of Me". Es apasionante ver cómo te perfumas; cómo das toques precisos en lugares estratégicos de tu anatomía, Naná... ¿Le has dicho: "Adiós, no me llames", a tu cliente, a tu mecenas, a tu productor, a tu amante? ¿Por eso luce abatido sobre el sofá tras de ti? ¿Por eso empuña, con furia y falsa dignidad, esa como daga? ¿Te pregunta si hay otro? ¿Si lo dejas por otro, Naná?... Se ha ido, te dices elegante, admirando el camafeo que has puesto para adornar un cuello que no necesita adornos, sólo besos necesita tu cuello, Naná.

El mar en la oscuridad es un murmullo. Recurrente siseo íntimo, secreteando en la distancia. Titilantes reflejos de luces lejanas que van y vienen sinuosas. En la mesa tengo una cerveza para la espera. Un cigarrillo innecesario para ocupar las manos y el cenicero. Sé que es inútil mi presencia, pero cumplo la palabra empeñada. Un danzón, un vallenato, un bolero, un tango, un son, un merengue, se alternan en el equipo de música que intenta alegrar el ambiente del local. Me lleno de calma respirando profundo. Tenso cada músculo del cuerpo para relajarlos, uno a uno, con imaginarios masajes con motas de algodón... Vendrás... Hablaremos... La dignidad por encima de todo, pensaré... Ya sin ti, encenderé un nuevo cigarrillo... Pediré una nueva cerveza...

Apagarás la música. Lista, ahora sí, en este tu sábado, para salir. ¿De compras? ¿De paseo por lugares inéditos o de moda? Seguramente a un restaurante... "Bar Folies-Bergere"... Frente a su barra, en la vidriera de vasos y copas y licores, coronarás la tarde ante al espejo donde ya se perfila el rostro de ese nuevo amor.

Llueve suave por la tarde. La mar de azules múltiples aflora tonos grises, y la espuma de sus olas muere en arenas oscuras. El viento ya no es brisa y golpea irreverente las lunas de las ventanas, las ropas en los tendederos. Los pájaros se han ido y tan sólo el agua corre por las calles... Te extraño en silencio, en la distancia, en el tiempo, en mi cigarrillo a medio terminar que se consume en el cenicero de vidrio, en el trago que se evapora despreciado en la mesa... Mi nombre ya no tendrá lugar en tus labios; seré una anónima referencia (un tipo con el que estuve, el fulano aquel, el que te conté) en la charla de viernes por las noches con tus amigas, en algún bar de cervezas y ensaladas con peras, nueces, queso de cabra y vinagreta con miel...

Llueve suave por la tarde. Una trompeta férrea desafía imponente a un bajo, a un piano, a una voz en la tonada de jazz que ejecuta el tocadiscos. Te añoro y, tú sabes, tal como escribió el poeta Igor Barreto, "Siempre leo el horóscopo / de esas mujeres que me abandonaron", un poco para saber si tienes otro amor, Olympia; si te va bien en el trabajo, Naná; si alguien del pasado volverá a tocar a tu puerta, Nympha... Es que ahora, un poco como en esos cuadros de Manet que imaginas vivir, seré el espectador desconocido, ese que apenas asoma en la imagen o que se presiente fuera de la escena, observando sin tomar acción, nunca más, en tu vida.

Llueve suave en la tarde y el mar se agita a pocos pasos de este rancho marino, restaurante turístico, nocturno refugio de discretas parejas. Te añoro y, hoy, sábado al fin, no necesito hurgar en la estrellas para imaginar de ti.

NOCTURNO EN CHÉSTER

Estaban acuclillados en el portal. Tenían una vela encendida, una cuchara, una jeringa y no más de quince años. La patrulla llegó en silencio, apenas con las luces de la coctelera proyectando azules en las paredes. Uno de los agentes se bajó. Varios curiosos los rodearon. Luego, una discreta ambulancia. A los pocos minutos se fue con sus luces rojas rasguñando la noche. Después, también los policías y los curiosos. No quedó nadie. Sólo nosotros, turistas que miran y miran los escaparates de las tiendas, con una sensación rara repiqueteando en lo profundo. Algo sobre las distancias y el destino de los hijos.

SURAMÉRICA, SIGLO XIX

A Javier Zarango

A José Antonio Sáenz Astort

Y, ¿por qué no? Hay un tránsito espantoso de viernes de quincena, en la casa no hay nadie, Proaño es un tipo con el que se puede conversar sobre cosas distintas al trabajo y... Tengo ganas.

– Vamos a echarnos esa cerveza.

El botiquín está hasta el tope pero Pepetrueno nos consigue un par de sillas y una mesita en un rincón:

– Dos que estén pero bien frías, mi llave.

Proaño coloca el portafolio arriba de la mesa y lo abre para sacar un libro hermosamente empastado:

– Quiero mostrarte una joya.

Pepetrueno trae las botellas recubiertas de hielo y dos jarras. Mientras nos sirven, Proaño cuenta que el libro lo encontró en una biblioteca pública de Canadá, un verano, cuando estudiaba su maestría.

– Preparaba un informe sobre no recuerdo cuál helminto y estaba fastidiado. Esos pueblos canadienses son un foco de hastío:

letreros de "No Smoke" y un silencio de muerte acrecentado por otros letreros pidiendo más silencio.

Me puse a vagar por las estanterías leyendo títulos, buscando cualquier cosa lejana a la veterinaria, algo más cercano a nuestros pueblos de risas sonoras y música sincopada, tal vez.

Saltó como un destello: "SOUTH AMERICA XIX"

Tanto me entusiasmó, que me lo llevé prestado y estuve con Meche, mi esposa, viéndolo toda la noche. Trescientas cincuenta fotografías de Buenos Aires, La Pampa, Montevideo, Santiago, Caracas, Quito, Guayaquil, La Guaira, Bogotá, Sao Paulo, Lima, Cuzco... Tomadas por un viajero, para mí desconocido, que estuvo por estos parajes a finales de los mil ochocientos.

Renové, renové y renové el préstamo del libro en la biblioteca hasta que regresamos a Lima con él en el equipaje, y, cuando nos tocó emigrar, me lo traje en la maleta hasta Caracas.

Mientras hablaba, terminamos la cerveza. Con la velocidad del rayo, Pepetrueno ha traído dos más.

Tomo el libro y comienzo a hojearlo. Jamás pensé que nuestro Gerente de Veterinaria tuviese estas pasiones. ¿Obsesionado por la historia? ¿Por la fotografía? ¿Por los libros raros?...

– No dejo de recordar mi infancia –continúa Proaño–. En Chorrillos, donde crecí, el mar estaba a setecientos metros de la casa. El paisaje era el de un desierto, arena y piedras.

Jugábamos fútbol en un sitio que llamaban el Campo de los Muertos. Uno va corriendo con el balón, pasa al negro Martínez, Martínez avanza por el medio de la cancha esquivando a dos contrarios, cambia a Hung, Hung chuta al arco y... En cada patada, la polvareda. A veces, en la nube de arena fina, también volaban huesos amarillosos, resecos, ásperos que eran de temer: ¡Cuidado dejas tuerto a alguien, caray!

Los huesos estaban enterrados y diseminados por todo el terreno y nadie tenía idea de dónde habían venido, ni por qué; pero eran parte del encanto del juego.

Proaño ha tomado la cerveza con calma, aún tiene media botella por beber.

Es interesante la historia del Campo de los Muertos, pero más me interesa el libro.

Hay cosas, para mí, sorprendentes. Uno tiene la impresión de que todo ha sido creado en este siglo y, de pronto, en un bar, frente a una cerveza, descubre lo ignorante que ha sido.

Buenos Aires y Montevideo se aprecian imponentes en estas fotos: Trenes. Tranvías. Hipódromos. Diques. La Guaira se ve pujante como puerto. ¡Qué elegantes estos hacendados del Brasil! Hubo un momento en el que nuestros pueblos tuvieron el mismo almanaque que los países de Europa.

Quiero quedarme con el libro. Hay una verdad nuestra allí, una revelación. Entiendo porqué Proaño lo robó, porqué lo mantiene. Se lo digo.

– No, no entiendes un carajo. Pídete otra ronda.

Me quita el libro de la mano y, sin buscar, lo abre justo donde quiere.

– Mira esto.

La foto ocupa, completamente, dos páginas. Un campo con el cielo despejado, sólo una que otra nube muy delgada. No se ve el suelo, una cantidad infinita de cadáveres de hombres, desperdigados, unos sobre otros, lo cubre de punta a punta. Hay fusiles, lanzas quebradas, piernas sueltas, torsos sin cabezas, una ligera humareda en uno que otro lado... Multitud de aves de carroña disfrutando un festín...

"Al día siguiente de la Batalla de Chorrillos", reza la leyenda al pie de la hoja.

– Ahí jugaba fútbol en mi niñez. Ahora en mis recuerdos sólo veo al negro Martínez llevando el balón sobre esos cuerpos, esquivando hígados a flor, salpicando sangre al saltar sobre una panza abierta... Hung haciendo gol con una cabeza desmembrada, alborotando a los gallinazos que se alzan en vuelo para regresar en picada contra nosotros... Y... ¡Coño!.. ¡Qué culpa tiene uno de esas vainas!

Ya el tránsito debe haberse despejado.

Mi esposa ya debe estar en casa.

Tengo ganas de irme.

La cerveza me cayó mal.

PRISIÓN

En esa calle, en esa esquina, en esa casa, en ese cuarto... En el calor de las tres de la tarde... En el reflejo fraccionado del espejo roto de la peinadora... Levanté tu bata. Aprisioné tus senos. Sobé tus partes con furia. Mordisqueé tu cuello hasta sangrarlo...

Respondiste mordiscos con besos; agresión con caricias; rabia con cariño...

Me dejaste, eternamente allí, en esa calle, en esa esquina, en esa casa, en ese cuarto... En ti.

MAGNOLIO

Para Agucho.

Salimos muy de madrugada. Suéter y chaqueta. Sin prender el aire acondicionado. Dos horas y pico sin detenernos. Por la serranía. En la neblina perenne. No importa que ya el sol brille a media asta.

El pueblo está vivo. Pequeños camiones llevan mercaderías. Ambulantes pregonan sus productos. Peatones se atraviesan en el medio de la calle. Carretilleros esperan la contrata en la plazuela de flores variopintas. Estudiantes en uniforme van ágiles para no perder el transporte.

– Vamos a preguntar.

Nos señalan hacia delante e indican un cruce a la derecha. Tres cuadras más y, en el semáforo, a la izquierda.

Avanzamos lento por la calle. Números y nombres. Cinco cuadras.

En la esquina se detiene.

– De aquí llama el cabrón.

Se baja, y se asoma a la reja.

– ¡Hola! –dice perseverante hasta que alguien aparece.

También salgo. Permanezco junto al automóvil.

Habla con una señora aindiada que apenas se distingue en la oscuridad interior. El tono amable inicial parece haber variado. Se nota que discuten, que argumentan. No oigo; presumo la dificultad. Insiste sin apartarse de la reja. Voy hacia allí, siempre rezagado, pero a la vista. La mujer me nota, calla como si meditara, y dice:

– ¿Les debe? Él viene y llama. Como cualquier otro, pues. Para eso tenemos el teléfono de pago; para quien necesite, ¿no? Pagan el minuto, el tiempo que usan... No sé quién es. No sé dónde vive... ¿Tienen negocios? A veces se mete en problemas y, bueno... ¿Para qué lo buscan? Si vuelve por acá, yo le doy razón... No estoy muy segura de conocerlo, señor. La verdad...

Enciendo un cigarrillo mientras escucho la plática y me quedo mirando el alar, las tejas, el pórtico, las ventanas, los barrotes... Siento los ojos de la mujer. Me estudia.

Vuelve a hablar.

– Él vive en las parcelas. En la última etapa. En la más nuevita, pues. Por allá les pueden decir. Derechito por esta calle se sale del pueblo y, más tarde, vienen las parcelas. Pero yo no sé nada. Si tienen negocios entre ustedes, yo no sé nada. No hemos hablado. No los he visto.

La trocha es de tierra amarilla, arenosa, con piedritas minúsculas que saltan y golpean la carrocería, y las lunas de las ventanas, y el parabrisas, según avanzamos. Un autobús prehistórico se nos cruza a velocidad insólita y se nos pierde en una humareda de polvo.

– ¡Carajo con estos tipos!

Las parcelas son esas chozas de palma y palos y láminas de zinc que se perfilan sobre unos montes truncos como terrazas en este desierto frío, suponemos.

No hay nadie por las veredas zigzagueantes y mal trazadas que sirven de calles.

– Hay que preguntar.

Nos detenemos ante una de las tantas chozas donde un perro flaquísimo duerme miserias. Bajamos con las manos en los bolsillos, sin quitarnos los lentes de sol.

– ¡Hola!

Nadie responde. Traspasamos el límite de la mampara que hace de puerta. Huele mal; a clóset con chiripas y orines de borracho. Quedo allí. Él avanza.

– ¡Hola!

En el fondo, una chica de unos once... O unos trece... O unos quince... O... Se aproxima. No habla. Sin miedo, espera a que le hablen. Está sola.

– ¡Qué tal! Buscamos la nueva etapa. ¿Es ésta?

La chica sonríe. Está con un camisón ligerísimo, de tirantes. Parece no llevar ropa interior. Sus senos se insinúan y atormentan... Y con el frío que hace...

– No. Es mucho más allá. ¿A quién buscan?

– Buscamos a un amigo. Vive por aquí. En la nueva etapa. Magnolio se llama.

– ¿Magnolio?

La chica no cambia la expresión, pero me mira con detalle mientras prendo un cigarrillo con las manos ahuecadas para proteger la candela de la brisa que se escurre por las paredes del rancho.

– Sí. ¿Lo conoces?

– No. No lo conozco... Está de viaje... ¿Tienen negocios con él? ¿Les debe?

– Es un amigo. Queremos verlo. Hablarle. A lo mejor algún trabajo. ¿Dónde vive?

Los ojos de la chica, en la lumbre del cigarrillo.

– No. No sé... Vive en la nueva etapa. Más allá... Está de viaje, creo.

– ¿Conoces a Magnolio, o no lo conoces?

– ¿Les debe? ¿Tienen algún problema? Está de viaje. Vive más allá.

La chica no se ha alterado. Habla como zombi. Como en automático. Sin quitarme la vista.

– ¿Hacia dónde es la casa? Nosotros la encontramos. Queremos hablarle. A lo mejor... Y hasta un trabajito.

La muchacha parece resignarse. Sigue con la misma sonrisa de cuando apareció: mecánica; los ojos no acompañan a los labios.

– Yo los llevo. No van a saber.

Se monta en el asiento de atrás... Sola... Medio desnuda... Con unos desconocidos... En este desierto... Sin que nadie sepa.... Y tan tranquila... Sin pedir nada a cambio...

– Magnolio está de viaje – nos dice en voz baja –. Se fue a la sierra. Mi primo está solo en la casa.

– ¿Magnolio es tu tío?

– Sí. Pero está de viaje. ¿Les debe?

Quince minutos por un laberinto de arena, polvo, piedras y chozas idénticas.

Otra casa con un perro flaco durmiendo en el umbral.

Nos bajamos. La chica permanece en el carro, mirando, como en otro mundo, por la ventanilla. Yo, de pie, al lado del automóvil. Mi compañero, cauto, va hacia allí.

Un adolescente sale a recibirnos. No saluda. Ni a nosotros ni a su prima. Parece recriminarla con los ojos: «¿por qué los has traído?»; pero no lo dice. Sólo se planta en la puerta, y nos mira.

– ¡Hola! ¿Está Magnolio?

– ¿Quién lo busca?

– Unos amigos. Queremos hablar con él. ¿Está?

– No sé... Por ahí anda...

– Sólo queremos saludarlo. Ver cómo está. Cosas de amigos.

Me precisa cuando me ve encender el cigarrillo apoyado en el techo del automóvil. Una ligera inquietud se le nota. Como si dudara.

– Está de viaje. A las montañas se fue.

– ¿Cuándo vuelve?

– No sé... Quién sabe... Depende... Depende de tantas cosas... Hasta de la suerte depende... ¿Quién lo busca?

– Unos amigos. Queremos hablar con él. Saludarlo. Quizá hasta un trabajito le salga.

– ¿Les debe? ¿Tiene deudas con ustedes? Él cumple. Está por las montañas, de viaje.

– Dile que vinimos. Acá está mi tarjeta. Él sabe.

– ¿Les debe?

Volvemos con la chica, sin hablar. La dejamos en su casa... Tuvo suerte.

De regreso a la ciudad, escuchamos música y paramos a comer en una posada hermosa con jardines y terrazas, donde se disfruta de unos legendarios camarones de río, y se aprecian antológicos atardeceres de serranía.

– Ya el cabrón sabe; nos dijimos.

MENOS LOS MARTES

A Israel Centeno.

Tras tantos años como cuidadora de las salas 6-C, 6-D y 6-E, en el segundo piso del Museo Reina Sofía, ya no tiene interés alguno por el "Guernica" de Picasso. No le impresiona el grito desestabilizante de la madre con el niño muerto. No la conmueve el dolor de la mujer que llora, bajo las bombas, la destrucción de su casa. No se pregunta por la simbología de la paloma herida; ni la del toro imponente que pareciera confrontar a quien lo observa; ni la de la bombilla eléctrica que alumbra todos los tonos de grises sin regir la luz en el conjunto; ni la del caballo que se retuerce por la lanza que lo traspasa; ni, mucho menos, por la de esa herradura que, sin sentido, se ve de frente como si fuera desde abajo; ni la del candil que lleva la mujer que huye por la ventana. No la afecta el brazo suelto, presuntamente del soldado que yace desmembrado en la base de la pintura, que sujeta una espada de donde surge la flor. Ya no se maravilla por la variedad de bocetos y estudios que realizó el artista para afrontar, con pericia y seguridad, el cuadro final. No le dicen nada las fotos de Dora Maar, amante del pintor por aquellos días, que plasman, en gelatinobromuro sobre papel, el proceso complejo y lento del desarrollo de una obra maestra. Lo único que conserva de sus inicios, y cada día es más intensa y consciente y angustiante, es esta incertidumbre, este desconcierto, que le provocan estos seres volumétricos, simples, sin deconstrucción, sin biseles, sin cortes o ángulos, imposibles de visualizar globalmente con un inmediato golpe de ojo; que recurrentemente vienen por oleadas continuas y, al final del día, desaparecen para volver mañana a las diez; menos los martes, cuando el Museo cierra por mantenimiento.

NEVERMORE

A Chris Pownall
A David Hawkins

Ni un solo cuervo amanece en la Torre de Londres.

Tras constatarlo y reverificarlo, con idas y venidas, subidas y bajadas, sobreponiéndose al estupor, el jefe de los *Beefeaters* levanta el teléfono privado de su oficina, marca el número en el teclado digital, solicita al director del MI-5, e informa.

Sí, estoy seguro. Ni una pluma; confirma con voz trémula ante la repregunta obligada; y se activa el procedimiento establecido desde hace siglos, desde el momento mismo en el que se supo que la desaparición de los cuervos preludiaba la destrucción de la monarquía; y que un equipo multidisciplinario de expertos actualiza cada lustro, entre las bromas típicas del humor cáustico británico.

Los treinta y cinco *Yeomen Warriors* ocuparon sus sitios, dispuestos a ejecutar el plan de rigor, apremiados por la hora de apertura y la llegada de los cientos de turistas del mundo entero que a diario suelen visitar la fortaleza para admirar las joyas de la corona y sentir escalofríos vislumbrando en las mazmorras los suplicios que padecieron los traidores y dos de las esposas de Enrique VIII.

Así, seis cuervos de cera - que para los efectos habían sido encargados al Museo de *Madam Tussaud`s* - fueron ubicados de inmediato en los lugares correspondientes, mientras ensamblaban y activaban los animatrónics japoneses, reales trasuntos de los desaparecidos, pero que requieren tiempo para su adecuado funcionamiento, y, a ojos ajenos, antes de las nueve, todo debe transpirar normalidad.

Scotland Yard destacó a los mejores agentes para explorar y detectar posibles cebos envenenados entre las hojas de la grama de los jardines, trampas sonoras que espantasen a las aves desde las inmediaciones, virus inoculados con esporas en la neblina que cae puntualmente a las cinco de la tarde.

Como langostas acabando con los cultivos de África, recorrieron de cabo a rabo la edificación y sus alrededores. Ningún indicio de terrorismo o conspiración pudo ser ubicado.

Ya de salida, bajo un tímido sol que no entibiaba el aire, pudieron observar cómo los pajarracos de cera se derretían dejando un pálido recuerdo de humedad sobre la grama.

Aún imperfectos, los animatrónics fueron distribuidos para recibir a los turistas.

En ese mismo instante, llamados por las autoridades, los más connotados ornitólogos del Reino Unido y los innumerables miembros de la Real Sociedad para la Protección de las Aves concurrieron para atraer de vuelta a los pájaros perdidos o, en todo caso, para que nuevos habitantes llegasen, así tuviesen que perder los ojos en el intento.

Sólo un joven *Boy Scout* pudo concretar un aporte: cuatros ejemplares disecados que le había dejado su abuelo en herencia.

Oportuno donativo.

Justo a tiempo para remplazar parcialmente a los robots japoneses que a las dos de la tarde se evaporaron como si un rayo misterioso los hubiese alcanzado.

No obstante, a las cuatro, una brisa del sur se llevó como cenizas inasibles a las cuatro figuras de taxidermia.

No volverán; susurraron contritos las decenas de fantasmas que recorren los pasillos de la torre, haciéndose eco de los pensamientos de los guardianes, naturalistas, detectives y demás involucrados.

Al confrontar la evidencia, el ánima persistente de Tomás Moro cayó de nalgas, acodó los brazos en las rodillas, alzó la cabeza entre las manos y, ahora sí, después de tantas centurias de preservar la esperanza, se contempló el cuerpo defenestrado con la tristeza del que pierde sus utopías.

Poco antes de las diecinueve horas, asumiendo lo inocultable y perentorio de los hechos, el Primer Ministro deja su residencia en el Nº 10 de *Downing Street* y acude presto al *Bookingham* Palace en la negra y rutilante limosina oficial, ataviado con levita y sombrero de copa, como corresponde vestir al proceder a notificar una tragedia que ya recorre el mundo.

En sus recamaras, en la mayor privacidad, frente al espejo donde ultima los detalles del maquillaje para la gala de la noche, la Reina escucha impávida el reporte preciso que sale de los labios mustios del Jefe de Gobierno.

Con la flema predecible que da su investidura, la monarca termina su arreglo, sin despedirse siquiera del dignatario.

Al calzarse la corona, se contemplará con nostalgia, y en los ojos se acumularán gruesas lágrimas que enjugará con disimulo.

No faltará quien diga que se le escuchó balbucear en esas horas finales, entrecortada, monocorde, como si recitara, la recurrente letanía del famoso poema de Edgard Allan Poe.

HAMELÍN

Una calle. Tres casas. Un hombre en la esquina. A sus pies, un gran saco lleno hasta el tope, rezumando sangre. A lo lejos: un maullido.

Tres meses después, tal como había planificado, el flautista ejecutaba en Hamelín.

MEMORABLE

A las cinco y media de la madrugada se encendió el televisor anunciando la hora de levantarse. El ruido y el resplandor la inquietaron ligeramente en la cama. Giró sobre sí misma, poniéndose boca abajo, y sacudió manos y pies como si nadara de pecho entre las sábanas. Abrazó la almohada, la pasó hacia atrás de la cabeza, apretándose con ella la nuca y los oídos para amortiguar la voz engolada del locutor que desde la tele transmitía las noticias. Un minuto después, gruñó con desencanto y, con violencia, se sentó de vista al clóset. Sin pensarlo más, se levantó. La luz pálida del amanecer irrumpía impúdica por las rendijas de la persiana vertical que cubría la ventana, alumbrándole el camino al baño. Abrió las llaves de la ducha para entibiar el agua y, mientras esperaba, se posó en el váter a orinar y evacuar, con la convicción profunda de que hoy, sí, sería un día memorable.

– ¿Un día memorable?

Ajá. Así sintió: Memorable.

Estaba harta de que las mañanas, las tardes y las noches transcurriesen secuenciales, sin más diferencias que las que marcan el cambio lumínico al ir o regresar del trabajo, de lunes a viernes, o la programación televisiva durante el ocio de los fines de semana.

Muchas veces ha intentado torcerle el curso a las horas, pero alguna fuerza telúrica, poderosa y desconocida, hace que el rumbo se reoriente y el río de su vida permanezca manso y tranquilo en el cauce mil veces trajinado. Por ejemplo, en lugar de tomar el autobús que la lleva a la estación Chacaíto, donde habitualmente se apea y agarra el metro hasta Capitolio para después caminar la cuadra escasa que la separa del bufete de abogados donde trabaja, se monta en otro autobús que la lleve a la estación Altamira. En el trayecto, la radio informa de una manifestación de empleados públicos que tranca la vía a lo largo de la avenida Francisco de Miranda. Entonces el autobús se desvía y, en lugar de seguir hacia el Este como corresponde, dobla hacia el Norte, deteniéndose invariablemente en la estación Chacaíto. El chofer grita de mal humor: ¡hasta aquí llego y me devuelvo!; el que quiera se baja, si no, ya sabe, no hay paso más allá.

En otras ocasiones decide no almorzar el consabido *Menú Ejecutivo* que ofrecen a precio módico en el restaurancinto al que suele acudir diariamente en la planta baja del edificio donde está su oficina. Ordena una crema de cebollas y un centro de lomito con yuca - lo más costoso de la escueta carta -; pero, quizá por la inercia de la costumbre, Manolo, el mesonero que consuetudinariamente la atiende, le dispensa el consomé de pollo, la pasta al pesto con plátanos fritos, el flan casero que pauta la oferta del día. ¡Ay, señorita, mil disculpas! Como siempre pide el Menú, uno se confunde. Cómaselo que está delicioso. Y mucho más barato que lo demás. ¡Y fresquecito! Que se lo digo yo que siempre estoy vigilando la cocina. Y, ¡qué remedio!

En alguna oportunidad ha intentado tentar la suerte: esconderse en un cine hasta muy tarde, entrar en algún bar, pedir un copa, esperar a que alguien le invite un coctel, y negarse a ir al encuentro del hombre casado con el que mantiene una relación oculta desde hace varios años. Inventarle una excusa cualquiera y dejarlo con las ganas. Sin embargo, termina a las puertas del hotelito de sus citas, y sube las escaleras, y repite el ritual que con su amante siempre repite.

– ¿De verdad? ¿Ha sido así? ¿Lo ha intentado?

Ajá. Pero hoy, al sentarse en el inodoro, tuvo la certeza contundente de que sería un día distinto, uno que no podría olvidar. Por eso se bañó con melindre y esmero, lavándose la cabeza con champú y acondicionador, tarea que tenía más que reservada para los domingos, cuando había tiempo de sobra.

Al salir de la ducha, el sol salpicaba rabioso el vestier y la habitación, indiferente a las barreras que pudieran ofrecerle las persianas y las paredes que, desde la ventana, lo separaban de esos espacios. La voz del locutor del noticiero, entrevistando a un político que hacía maromas para justificar la reciente nacionalización de las empresas eléctricas, rebotaba contra los muros, el techo y el piso de cerámica, resonando con ecos de ultratumba. Se enjugó el torso, los brazos, las piernas y los pies con meticulosidad y, desnuda frente al espejo que recubría de extremo a extremo la pared del lavabo, se dispuso a moldearse el pelo con cepillo y secador.

Esperó que el flujo del viento estuviera a la temperatura correcta, observándose sin piedad las texturas de la piel en las diferentes zonas del cuerpo. Unas veces pensaba que no estaba mal para ser una mujer próxima a cumplir cuarenta años, y otras se recriminaba por no haber prestado más atención a los cuidados que su cutis merecía. Quizá, si se hubiese humectado cada noche, si no se hubiese expuesto tanto a las inclemencias del trópico...– se decía con un rictus de amargura dibujado en la boca –; pero de inmediato sacudía la cabeza y con orgullo comentaba que, a pesar de todo, aún levantaba piropos y recogía miradas lúbricas en la calle, sin mencionar cómo su amante se ponía en cada encuentro, con sólo verla soltarse el sostén. ¡Y con razón!, reafirmaba, aprobando la estampa que se reflejaba en el espejo.

–Eso es verdad. Aún es bella.

Comenzó el secado del cabello por el lado izquierdo. Enroscaba en el cepillo algunos mechones y le aplicaba el aire cálido con movimientos continuos de la muñeca. Una y otra vez, hasta que el pelo caía sin ondas y con volumen. Un trabajo paciente y metódico, que hay que hacer sin saltarse ni un rizo: para lucir, hay que sufrir.

Todavía se afanaba con aquella área de la cabeza, cuando el secador hizo amagos de morirse, y volvió a soplar más fuerte que antes, y dejó de trabajar de manera repentina. Tal cual, se acallaron las voces del locutor y el político en la televisión, dejando un vacío tenso en el ambiente. Se fue la luz, se dijo. ¡Maldito gobierno! No terminó de murmurar la frase cuando la electricidad regresó con fuerza. El televisor habló con estruendo. El secador sopló iracundo. Hubo chispas en el tomacorriente. Sintió calambres en la espalda. Un hormigueo en el cuello. Una torsión en el cerebro. Y la luz se fue de nuevo, dejándola inmersa en la terrible oscuridad del apagón.

– ¡¿Oscuridad?! Si era de día. Si el sol de la mañana inundaba la pieza. Tú lo dijiste: *"indiferente a las barreras de la persiana y las paredes"*. ¿Cómo iba a estar a oscuras?

También ella se extrañó. Si es de día, se dijo. Si hace un momento el sol entraba a chorros por la ventana. Pero la oscuridad estaba allí y la envolvía de arriba abajo, de izquierda a derecha, de la cabeza a los pies, desnuda-desnudita como estaba en el vestier, frente al lavabo, aún con el pelo húmedo y a punto de cumplir cuarenta años.

Una oscuridad tan fuerte, tan densa, tan pesada que le impidió avanzar hacia el cuarto, hacia la ventana. Como si una mano invisible y extraordinariamente fuerte la retuviese clavada en el sito, impidiéndole incluso pestañear, respirar, abrir la boca para gritar. Como cuando niña le sobrevenían ataques de asma. Siempre ocurrían de noche y se despertaba sobresaltada, con un pito atragantándosele en la garganta, taponeándole la tráquea, amoratándola hasta que papá llegaba a la carrera y le aproximaba el inhalador y le aplicaba los dos bombazos de esteroide que paulatinamente le devolvían la capacidad de respirar.

De pronto, un caleidoscopio de colores surgió en la negrura de la habitación...

– ¡¿Colores?¡ ¡¿En la oscuridad?! Eso es un sin sentido. Los colores requieren luz, son luz. No hay manera de tener colores en la oscuridad. Cualquiera que haya cursado bachillerato sabe eso. Cualquiera.

Y, por supuesto, ella lo sabía. Educación Artística había sido su materia favorita. ¿Cómo puede haber colores en la oscuridad?, se preguntó. Y, ¡tan vivos! Imposible. Pero allí estaban. Saltando, alternándose en la nocturnidad de la mañana como fuegos artificiales en Disney World. Ella sentía que eran hermosos, e intentaba definir qué figuras evocaban. Decidió que eran flores. Flores titilantes. Cayenas. Ixoras. Gardenias. Petunias. Dientes de León. Y escuchó una voz.

– El televisor, supongo.

No. Seguían sin electricidad. Era una voz que se escuchaba, pero no salía de ninguna parte, como si le hablaran directamente en las inervaciones del tímpano. Creyó reconocer en el tono a su padre, con esa gangosidad de tabaco que tuvo en los últimos tiempos. Sin embargo, tardó en entender las palabras. ¡Dos deseos! Eso me dice. ¡Pídeme dos deseos! Y se rio. Una risa de ¡sí se me ocurren tonterías!: Papá ofreciéndome regalos, cuando nunca pudo comprarme ni una muñeca. ¡Qué locuras! No obstante, la voz insistía: ¿Qué pierdes? Pídeme dos deseos. Las flores luminosas se alternaban en la oscuridad girando como galaxias, en elipses recurrentes, y se dejó hipnotizar por el espectáculo, arrullada por la voz que le apremiaba: ¡Anda, di! ¡Sólo dos! ¡Puedo complacerte! Y se sorprendió al oírse decir en susurros: Viajar. Sí. Siempre he querido viajar. Conocer mundo. Ciudades de postal. ¿Y el otro deseo?; le dijo la voz acompasando el baile de las luces multicolores.

¿El otro? No sé. Viajar y... ¿Puedo pedirlo después? ¡Seguro, cuando quieras!, escuchó que le respondían al iluminarse de nuevo la estancia y pudo verse en el espejo.

Le fascinó el peinado, el maquillaje, la blusa azul marino, el bluyín, la correa de cuero curtido, el collar de perlas que lucía, pero, por sobre todo, la emocionaron los zapatos que calzaba: unos U.S. Keds. Idénticos a los que siempre quiso tener en su adolescencia y que la falta de recursos le impidió comprar. ¡Guao!, exclamó.

– ¡Qué disparates dice! ¿Ropa? ¿Peinado? ¿Maquillaje? Si estaba desnuda, recién bañada y secándose el pelo antes del apagón.

A ella no le extrañó. Le pareció natural estar así como estaba y, sin darle más vueltas al asunto, agarró su cartera y se dispuso a salir.

Afuera había una ciudad hermosa y añeja, cruzada por un río helado, sembrada por doquier con torres de piedra e iglesias coronadas con cúpulas de bronce reverdecidas de tiempo, donde las cigüeñas pernoctaban tras cumplir su misión de transportar por el mundo bebés por nacer. Le recordó a Praga.

– ¿A Praga? Si ella no conoce Praga.

Quizá sí. De fotos, de películas, de sueños. No sé. Pero se la recordó. Caminó por veredas estrechas y húmedas. Llegó a un puente de piedras musgosas y, recostada al brocal, contempló la copa de los árboles, las techumbres de los viejos edificios y retazos grises de cielo reflejándose en el río. Cruzó al otro extremo de la ciudad y entró a una plaza atiborrada de artistas que cantaban melodías melancólicas, dibujaban paisajes de ensueño, representaban escenas de circo, simulaban estatuas famosas. Compró mandarinas a una anciana que le picó el ojo al cobrar. Se fue comiendo a gajos su fruta hasta que las campanas de un tranvía la llamaron, invitándola a embarcar.

¿A dónde va?; preguntó a un colector de mirada fiera y rostro pétreo que se apostaba en la puerta. A Constanza, por supuesto; respondió el hombre extrañado de la pregunta. A dónde más podría ir. Sólo a Constanza va esta ruta. ¿Constanza? Nunca escuché hablar de ese sitio; le comentó ella llevándose un nuevo gajo de mandarina a la boca. ¿Dónde queda? El colector la miró con ojos mudos, se encogió de hombros, y precisó: Más allá del Guayamurí. Bastante más allá. Al oírlo, a ella le pareció sentir cómo se perfilaba con trazos firmes y perfectos una pequeña población de algarabía plácida y remansos de fuego. Viva y quieta. Atolondrada y precisa. Pudo verse recorriendo esas calles tenues y rudas, esfumándose en la calina vaporosa de la madrugada. Embelesada por esas imágenes, se subió al vagón. Ah, si él estuviese conmigo, exhaló al sentarse contemplando el paisaje por la ventanilla. La campana del tranvía alborotaba colores de mamey y pitahayas al alejarse en el crepúsculo.

– ¿Se fue?

Ajá.

– Entonces, ¿no viene?

Yo que usted, no la esperaría.

El hombre bajó la mirada, curvó la boca con un gesto triste, y dio cuatro ligeros movimientos afirmativos de cabeza. Suspiró:

– Pensó en mí al alejarse, quizá vuelva...

De pronto, como si una iluminación lo sorprendiera, alzó los ojos y me miró inquisitivo:

– Y, tú, ¿cómo sabes todo lo que me has contado?

Ya no escuchó la respuesta. Apenas un breve silbido seco de metal filoso sesgando el aire, un breve silencio, la campana de un tranvía invitándolo a embarcar.

TRÁNSITO

Por el otro canal, a veinticinco autos de distancia, entre bocinazos y el humo renegrido de los tubos de escape, va la mujer de mis sueños: Inalcanzable.

DE REOJO

Hoy no es un buen día para dejar de fumar; se dice a la entrada del café, al quitarse los lentes oscuros, mirando hacia las mesas. Busca un sitio discreto, desde donde ver a los que llegan sin llamar la atención. Preferible, uno próximo al gran ventanal para, mientras espera, entretenerse con el paisaje de montaña y la vista de ciudad que le ha dado renombre a este negocio.

Dieciséis horas sin tocar un cigarrillo. Las ganas, lejos de desaparecer, se incrementan, y en el cuerpo hay sensaciones desagradables. Siente la garganta áspera, los ojos resecos, la boca pastosa, flema en las vías respiratorias.

Camina hacia el balcón, con la cabeza baja, como aprendiéndose los dibujos del piso de cerámica, pero observando cada detalle que lo circunda. Selecciona la esquina más distante. Desde allí puede precisar los movimientos de los empleados y de los clientes, o si alguien cruza la puerta.

Debió escoger otro día.

Un período calmo.

Unas vacaciones.

No uno como hoy.

Sólo otra de las cuatro mesas del balcón está ocupada. Dos amigas de mediana edad, en alegre plática, compartiendo una torta de fresas con crema chantillí.

Pone los lentes oscuros sobre el mantel de tela cruda, al lado del servilletero de gres, frente al jarrón con flores lavanda.

Se sienta sin hacer ruidos con la silla.

El sujeto llamó al celular. Pautaron el encuentro. Verificó referencias, que ninguna precaución excede.

Lo peor son las manos. Ese hormigueo. La inutilidad para ocupar el tiempo vacío. Sobran.

Juega con los lentes de sol: No es lo mismo.

De reojo, la ventana: Te miro desde afuera, Ciudad.

El mesonero se acerca a ver si quiere pedir algo. Lo de costumbre, un café, incrementaría las ganas por un cigarrillo. Se pondría nervioso, inquieto, llamativo. Lo mejor es un jugo. Cítrico. Naranja o limón. O agua. O ambos.

El mesonero se aleja con la comanda y la resignación de quien sabe que nunca ganará la lotería: Limonada frappé, agua sin gas.

Pero las manos…

Un cigarrillo para mantenerlas ocupadas. Mientras el mesonero va y viene. Mientras llega el sujeto.

Un taxi. Traje príncipe de Gales. Corbata azul oscuro.

Demasiadas señas.

Procura relajarse. Respira hondo. Contiene el aire en los pulmones por largo rato. Tal como aconsejan.

Lo expulsa despacito. Por la boca.

En el ventanal: Cae la montaña. Hacia el valle. Hacia…

Las manos. Este hormigueo.

Del interior de la chaqueta: un pequeño bloc, y el bolígrafo.

Te miro desde afuera, Ciudad; en los colores de la luz que cambia con el día y con los días, en el juego que hace en las hojas de los árboles y arbustos, matizando verdes a niveles innombrables.

No levanta los ojos hacia la puerta, pero la controla. Nadie más ha llegado. Aún no es tiempo para que las parejas o los grupos arriben para disfrutar del ocaso y tomarse la sugerida taza de chocolate caliente. Sólo han salido una señora mayor y alguien que puede ser su hija o su nuera. Antes de irse, compraron frascos de mermeladas y dos porciones de torta, para llevar.

En la formas de las nubes que recorren tu cielo, llueva o no, todo el año. En esta montaña que te cuida y te apretuja y te adorna y te acorrala, Ciudad. Esta montaña que se incendia en cada sequía, y florece cada invierno exacerbando alergias, enrojeciendo los ojos.

El mesonero regresa displicente con la limonada y el agua. Las ubica sobre sendas servilletas desechables. No hace comentarios.

Así debe ser. Que no recuerde ni su voz.

– Pongo las manos en el fuego por él –le afirmaron.

Nunca el mismo local. Ni la misma área. Ni la misma hora. Siempre lugares concurridos. Pocas palabras. Lo justo para los acuerdos.

Agita la limonada y la absorbe con cautela: le teme a esa sensación de frío extremo que a veces se sube hasta el tope del cráneo y es dolorosa y desesperante.

Las dos mujeres están chismorreando: ríen bajito y miran que no las vean. Toman vino blanco. La torta está avanzada. De sus esposos hablarán.

Desde anoche, y el deseo no mengua. Ni con el jugo, ni con el agua, ni con la respiración, ni con nada. Va y vuelve. Cada vez más demandante. En el carro tiene una cajetilla sin abrir, por si el cuerpo vence a la voluntad.

Cerca y ausente.

El bolígrafo sí le ocupa las manos, lo distrae mientras las frases fluyan y no tenga que pensar.

Te miro en tus mujeres bellas, siempre bellas a pesar de todo. En la rumba de los viernes y sábados. En la música múltiple, ubicua, pertinente y pertinaz. En los abrazos por el *home run,* por la carrera ganadora, por el hit de último minuto, por el cumpleaños feliz, por la graduación del hijo, por el matrimonio del ahijado, por el bautismo del sobrino, por la primera comunión de la prima. En la solidaridad del velorio y la tragedia. En tus cosas dignas y alegres.

No levanta la vista ni pierde detalle. Cuatro jóvenes, dos hombres y dos muchachas, con mullidas chaquetas de cuero, bluyines desteñidos y botas tachonadas, han entrado sosteniendo los cascos por las correas. Llevan guantes. Decide que sus motos son Harley Davidson o BMW plateadas con alforjas negras. Que se sentarán en la esquina opuesta del salón. Pedirán vino tinto chileno.

– Fuman –se dice en un susurro sin dejar de escribir, como hablándole al bloc. –Alguna marca americana… Los cuatro.

Le gustaría levantarse. Ir hasta ellos. Pedirles un cigarrillo...

¡Una estupidez!: llamar la atención.

Toma agua, directo de la botella plástica. Espera que el frescor del líquido suavice la garganta y diluya los fluidos y mucosidades que tiene, o siente que tiene, y le espante estos deseos que lo amenazan con claudicar y perder todo el esfuerzo de horas victoriosas.

En los niños que madrugan para ir a una escuela tan lejana, tan lejana, de la casa, Ciudad. En los empleados que transitan veinte horas entre el trabajo y el transporte, siempre colapsado.

No mira el reloj. El gesto podría denotar impaciencia, que

alguien no ha cumplido, que lo dejaron plantado. Aun así, puede ver que faltan treinta y cinco minutos para la hora convenida.

Sí. Es un mal día para dejar de fumar. Con el cigarrillo logra disminuir la tensión que lo ataca cuando se ponen necios o nerviosos y comienzan a tartamudear y provoca mandarlos para la mierda. Sabe que nunca debe alterarse, ni levantar la voz, ni hacer ningún movimiento que haga voltear a la gente por más necios o nerviosos que se pongan. Entonces toma el cigarrillo y lo golpea suave sobre la mesa para compactar el tabaco y con lentitud se lo lleva a la boca y lo enciende apenas con el calor de la proximidad de la llama. Aspira fuerte, y cierra los ojos, y expira el humo: una larga línea etérea que se expande hacia el cielo raso. Coloca el cigarrillo ordenadamente en el cenicero, haciendo equilibrio en el borde. Ya calmo, les dice con voz neutra:

– Esas son las condiciones.

Hoy no tiene ese recurso.

Los lentes, quizá, pero no es lo mismo.

La limonada, prácticamente se ha deshecho, apenas queda algo de un líquido verde pálido en el fondo, y no quiere pedir otra.

La botella plástica de agua, no. Invita a apretarla. Un acto demasiado violento para su estilo.

Llevarse el bolígrafo a la boca, y morderlo, y jugar con él allí, sería aberrante, un desvarío. Un acto que aleja la confianza necesaria para el acuerdo.

En tus motorizados indomables, Ciudad, que bullen en zigzag por entre las rendijas que dejan los automóviles en las vías, ante tus semáforos descontrolados o inservibles.

Tiene la certeza de que el sujeto llegará quince minutos antes de lo pautado. Nervioso. La falta de costumbre. Exponerse a lo desconocido. La voz de la conciencia. El temor a las implicaciones. Al arrepentimiento.

Le gusta dejarlos un rato allí. En la entrada. Viendo hacia todas partes sin saber qué hacer. Con la duda de si ya está acá, o si no ha llegado, o si no vendrá.

Se toma ese tiempo para encender un nuevo cigarrillo, concluir el café, observar si hay movimientos, miradas, señas sospechosas en el ambiente: algún cómplice imprevisto, camuflándose entre los parroquianos o el personal.

Aprovecha para decidir si continúa. Si no hay riesgos extras. Si es confiable el sujeto. Hasta para evaluarlo financieramente y fijar la tarifa.

Sólo entonces, le hace un gesto indicando que está allí. Que es él. Que puede acercarse.

Si algo no cuadra, o no le gusta, enciende otro cigarrillo. Llama al mesonero. Ordena un nuevo café. Pide la cuenta.

En los barrotes de tus casas y apartamentos que van aprisionando a tus habitantes, Ciudad, en su búsqueda vana por sentirse seguros.

Las dos mujeres conversan cada vez más próximas. Alguna historia picante que debe ser compartida en voz muy baja para darle más sabor, para disfrutarla con malicia.

Ya tendría, por lo menos, tres cafés y ocho cigarrillos. Una pequeña sensación de triunfo. De tener el control. Le gusta ese sentimiento. Sin embargo…

Si te caes, te levantas.

Una y otra vez.

Te contemplo, Ciudad, en tus manifestaciones inútiles por una vivienda, por un empleo, por la vida, por la luz, por el pan, por poder hablar, por poder gritar, por poder cantar; siempre aderezadas con bombas lacrimógenas y balas no tan de salva según los resultados forenses.

El anochecer está próximo.

Más y más gente va llegando.

Parejas. Grupos. Familias.

Ha cambiado el turno del servicio. Ahora son tres los mesoneros que atienden el salón.

Podría pedirles un café y una cajetilla, antes de que llegue.

Desde afuera, Ciudad. En el tránsito incólume de tus autos estáticos y conductores aburridos. En tus huecos en el asfalto, tus alcantarillas destrozadas, tus grafitis ingeniosos. En la multitud de vallas que invitan a una vida plácida no sé dónde, pero no aquí.

No mira el reloj.

No levanta los ojos hacia la puerta.

Un taxi se ha detenido en la entrada.

Definitivamente es un pésimo día para dejar de fumar. Llegó. Nervioso, como era de esperarse. Diecisiete horas y media. Traje príncipe de Gales. Con lentes de sol. Las ganas, lejos de desaparecer, se profundizan. Corbata azul oscuro. Con un maletín. Un poco de agua. De ese resto de limonada diluida, insípida. En tus basuras amontonadas o dispersas en las calles, en los terrenos baldíos, en las aceras. Viendo hacia todas partes. Buscando. La cajetilla está en el automóvil y no va a comprar una nueva. Jugar con los lentes no es lo mismo. En la agresión cotidiana de los buhoneros y sus productos inverosímiles y sus discos y películas que le sonríen pícaros al eslogan "Dile No a la Piratería". Una sin abrir. Nuevecita. Por si acaso. En tus niños pordioseros, malabaristas de la calle, traficantes de mercaderías prohibidas, siempre prohibidas. Buscando. Con la duda de si ya está acá o si no ha llegado o si no vendrá. En los enfermos de sida, de diabetes, de cáncer, de... que no consiguen trabajo y exponen su miseria con carteles suplicantes de una limosna para cubrir un multimillonario tratamiento, imposible de cubrir con la mano extendida. Si te caes, te levantas. Una y otra vez. Llegó, y no se quita los lentes de sol ni ahora que la luz mengua dentro del local. Una pitadita dulce, profunda, que le calme y le devuelva el control. En los titulares de los periódicos de cada lunes, tus cientos de asesinatos del fin de semana. Tus violaciones. Tus secuestros exprés. Los cigarrillos tan lejos y tan cerca. Con su traje príncipe de Gales y la corbata azul oscuro. En los sobresaltos de los vecinos por algún robo, algún atraco. Siempre alguien herido o muerto, y la tragedia de una nueva familia a quien le cambió la vida en un segundo. Siempre la vida cambia en un segundo. Allí, de pie, en la entrada. Con su portafolio. Sus lentes de sol. Mirando. En tu burocracia, Ciudad. En la permisología incumplible. En las regulaciones de constante muda. En la podredumbre de tus funcionarios. En tus políticos descompuestos. En el abuso de tus policías. Hablarán del encargo. De los detalles. Del precio. De los lapsos. Las ganas por un cigarrillo arreciarán mientras divaga y tartamudea. Siempre divagan y tartamudean. Y, a lo mejor, no podrá controlarse. En los sicarios. En las venganzas. En los chanchullos. En las deudas pendientes. Sin esa pitada profunda, quizá se descomponga, y es hasta posible que levante la voz y lo mande para la mierda. No es muy elegante levantar la voz, mandarlo para la mierda. Llama la atención: las dos mujeres, el mesonero, los que sirven en la barra, las dos parejas de motorizados, todos los que han llegado después. En tus traficantes de drogas. En tus cambistas ilegales. En tus artífices de favores y especialistas del cabildeo. Se voltearían. Los verían. No se debe llamar la atención. Ni hacerse notorio. Ni que lo recuerden. Se niega a encender un cigarrillo más. No va a perder el esfuerzo, el sacrificio de estas horas. Traje príncipe de Gales. Corbata azul oscuro. Uno. Uno solito. Los motorizados tienen, podría pedirles; o buscar la cajetilla; o comprar una. Desde afuera, Ciudad, en tus... Lo dejará por un rato así, en la puerta, nervioso, angustiado, mirando para todas partes, aferrado al maletín; mientras respira hondo y se calma; antes de hacerle una seña y llamarlo. Siempre, siempre hay y habrá oportunidades, Ciudad. Su sabor dulce. Caerse y levantarse. O...

Al salir, siente el frío de la noche. La neblina, dueña del paisaje.

Tanteando, avanza hacia el automóvil. Desactiva la alarma. Dos fogonazos de luz lo guían.

Al abrir la portezuela, sonríe satisfecho, Ciudad.

SAUDADE

Y así, de pronto, en la vecindad de la tormenta, cuando los relámpagos deslumbran en la lejanía y los truenos estremecen los cristales de las ventanas de la casa, aterido de miedo sin saber dónde huir, me descubro, niño otra vez, domingo de sol, comiendo helados en la plaza Bolívar de mi pueblo.

MANZANILLO

¡No era ningún santico, no!; dice el hombre al que llaman Félix, comentando al vacío, agarrando con los dedos de una mano las cuatro botellas de cerveza que lleva con pasos rápidos y cortos al mesón de la esquina, donde dos parejas de alemanes contemplan el vuelo estático de las gaviotas, las remecidas de los alcatraces en los marullos, el bamboleo de las barcas en las olas. Deposita torpe las botellas sobre la madera cruda y un rebato de vidrios que chocan se produce. Los dos hombres dan las gracias en un español gutural. Las dos mujeres permanecen inmutables, atrapadas en el paisaje.

Ningún santico, no; repite Félix, siempre al aire, al cruzar la terraza de piso de caico y techo de palma, en esos como brincos que da, esquivando sillas y horcones, por entre los otros comensales, hacia nuestra mesa, cuando Carmen le dice a Jesús que se coma el pescadito que está sabroso y rico y las moscas le van a ganar de picardía.

Félix me palmea el hombro y pregunta cómo está la cosa, mi hijo querido; ¿más arepitas?

Le respondo que sí y le pido otra cerveza.

No están muy frías, no; me advierte. Mejor te la traigo con un vaso con hielo.

Tú mandas; le digo, y él sonríe.

Muy feo. Eso estuvo muy feo; bisbisea la cajera adolescente, Evelyn, según la nombran, con los ojos fijos en las comandas y las notas que se dispersan por su improvisado escritorio de tablas ríspidas, azul intenso y brillante de bote recién pintado, al Félix rebasarla, rumbo a la cocina.

Sus cuentas tendrían; afirma él sin verla y sin detener la marcha. El sobrino no era ningún santico, no.

Una de las alemanas de la esquina señala a un hombre que atraviesa la playa con el torso desnudo. Carga un motor fuera de borda al hombro y un canalete en la mano opuesta. Sin importarle el peso, ejecuta piruetas de bailarín de ballet, huyéndole al hervor de la arena a estas horas. ¡Guao!, parece exclamar la alemana con el visaje.

De lo lejos, la brisa trae versos entrecortados: *"oye, mi negrita, que te llevaré / al decimoquinto festival de Guararé..."*

Sus cuentas tendrían. Eso no lo hace nadie de gratis; y él no era ningún santico; insiste Félix, asperjando negativas con la cabeza, mientras espera en la barra del bar que le dispensen lo pedido.

Muy feo estuvo. Muy feo; reitera Evelyn, en cántico lacónico, sin desatender sus números y apuntes.

Una pareja juega tenis de playa a orillas del mar, al borde de la línea de toldos. Más es el tiempo que invierten buscando y recogiendo la pelota que manteniéndola en vuelo. Jesús balbucea en su medialengua que quiere ir a jugar con ellos y Carmen le indica que primero tiene que terminarse la comida. Él hace un puchero y, retando a la madre, como si empuñara una de las raquetas de tenis, espanta las moscas que guarnecen al corocoro con papas fritas que debiera ser su almuerzo y toma un trago de refresco sin probar bocado. Tú sabrás, le dice Carmen encogiéndose de hombros; aquí estaremos toda la tarde.

Los de la mesa del medio, un señor mayor y una muchacha que no es su hija ni por asomo, piden la cuenta escribiendo garabatos en el aire. Evelyn le apunta a Félix y éste a su vez le hace una señal de «ya van» a los clientes. En lugar de ir hacia ellos, nos trae las arepas, la cerveza y el vaso con hielo que me ofreció.

Y, la señora, ¿no quiere otra caipiriña?

Carmen le sonríe: sí, pero suavecita, que tengo que manejar.

Él se va contoneándose, como si recién desembarcara tras muchas semanas navegando, viendo de refilón hacia los alemanes, quizá para asegurarse que no desean pedirle algo más.

La música se escucha firme, próxima, tal vez del restaurante vecino: *"Me lleva él o me lo llevo yo / pa' que se acabe la vaina..."*

¿Cuentas pendientes, dices tú?; murmura Evelyn al ver venir a Félix. Pero: ¿Cuáles? ¿De qué tipo?

No sé. ¿Cómo voy a saber?; responde él, parándosele frente al escritorio. Ese muchacho no era ningún santico, no. En pleitos vivía. Desde chiquitico. ¡Virgen purísima! ¡Cómo hizo sufrir a mi pobre hermana! Anoche se lo dije: ya ocurrió lo que tenía que ocurrir; ahora te toca descansar. ¡Disfruta tu vida, mujer!

A lo mejor es culpa de ella; dice Evelyn como si hablara sola. No le puso carácter, mano dura. Lo dejó hacer a su antojo. Así cualquiera se pierde.

Un perro negro y viejo olfatea debajo de las mesas y descubre migas que engulle una tras otra y se relame. Un gato ronronea en la distancia. Un buhonero se acerca a la baranda de la terraza, ofreciendo en una lámina de anime lentes de sol y relojes. Desde la mesa de la izquierda, un hombre lo llama a gritos. La esposa dice algo y él gesticula como aplacando una protesta. ¿Son de marca o piratas?, pregunta con evidente interés.

Piratas de marca, mi jefe. Baratos y buenos; responde orgulloso y sobrado el vendedor. Y se los doy con crédito chino; remata.

¿Crédito chino?

Ajá: Chinchín.

Ja-ja-ja-ja; ríen francos, hombre y mujer, procediendo a seleccionar cada uno sus anteojos, probándoselos ante un espejo portátil que les brinda el buhonero.

Yo también quiero unos lentes, patalea Jesús, pero Carmen le dice que no, meneando el índice de la mano derecha, señalando de seguidas el pescado y las papas: Primero, comes; después veremos.

Evelyn le entrega a Félix una carpeta pequeña de semicuero marrón e insiste: Muy feo estuvo eso, mi tío. Muy feo. El otro muchacho dizque anda escondido en un garaje. En uno que está en el medio del pueblo, de portón colorado.

Félix arruga la boca, gira, y va hacia la mesa de los que pidieron la cuenta en el medio del local, llevando la carpetica marrón en la misma pose en que los atletas portan los testigos en las carreras de relevo.

Espera el pago conversando con la pareja, y recibe el dinero sin contarlo:

Nos vemos pronto, mis amigos; y vayan con cuidado que hay mucho loco en la carretera; les dice a modo de despedida.

Le entrega la plata a Evelyn en la carpetica marrón y, sin comentario alguno, entra en la cocina.

Jesús escoge uno de los bastoncitos de papa frita y se lo come con la mano. ¡Usa el tenedor, mi vida!, que vas a llenar la comida de arena; le aconseja Carmen, pero él no hace caso, mete ambas manos entre las papas, toma un puñado de bastoncitos, los apretuja y se los lleva a la boca, mirando con descaro a la madre, riéndose alegre por la travesura. ¡Ya vas a ver las nalgadas que te voy a dar, muchachito falta de respeto!; le advierte Carmen con falsa rabia, pero no se mueve de la silla. Tan sólo voltea para decirme: Félix como que se olvidó de la caipiriña.

¡Qué va, ese está en todas!; le respondo, y, como para darme la razón, allí viene el hombre con la bebida.

Suavecita, suavecita, pero con malicia; nos dice dejando el trago sobre la mesa.

Más allá de la hilera de toldos, donde el mar abate con sus olas, alguien pregona ostras frescas a los que toman el sol vespertino o adormecen en la sombra. Otro grita que lleva las empanadas bien calientes. Un heladero arrastra con dificultad su carrito por los altibajos del terreno. Al pie del cocotero donde muere el restaurante, una mujer ofrece masajes en un par de camillas portátiles. A su lado, en una silla plástica que hace tiempo perdió el color, una trigueña de carnes firmes le teje crinejas a una adolescente: Así se te protege el cabello, mi amor.

La música se hace presencia viva cuando cinco hombres con manchas de sudor en las camisas llegan por la playa y entran al local ejecutándola. *"Tú lo que quieres es que me coma el tigre / que me coma el tigre / mi carne morena..."* Un acordeón, una charrasca, una tambora, una guitarra, un cuatro. No suenan mal, sólo oxidados. El salitre que todo se lo lleva en los cachos.

Las dos parejas de alemanes se levantan y bailan próximos a su mesa. Una corografía cónsona con una película de momias y muertos vivientes, pero no con un vallenato en pleno trópico caribeño. A ellos les tiene sin cuidado la discordancia y la torpeza. Ríen enrojecidos por la impudicia de sus gestos y todo el sol que han llevado en estas vacaciones. Jesús los imita burlón y parece ser un zombi emergiendo de la tumba o un sonámbulo perdido en un laberinto de ceguera. Reímos, celebrándole la gracia. Si serás tremendo, muchachito.

¡David!, grita Evelyn y del fondo del negocio aparece un moreno aindiado y fibroso. Ya se van los del toldo dos; le informa la muchacha, apuntándole: Acuérdate de cobrarles las sillas extras.

David eleva la cabeza y observa, por encima de las mesas, de la baranda, del cocotero y las palmeras, del gentío que va y viene por la arena, a los italianos del toldo dos: tres hombres y tres mujeres cincuentones que recogen sus pertenencias en un morral rojo y negro. Carmen dice que no son parejas, sólo compañeros casuales en estas vacaciones, y, de seguidas, bebe un sorbo de la caipiriña que, según ella, tiene más malicia que suavidad.

Al muchacho y que lo tienen escondido en el garaje de una casa de portón colorado; ¿tú lo conoces?; le pregunta David a Evelyn, sin dejar de observar a los italianos que ahora sacuden las sandalias en el quicio de cemento del negocio.

No; responde ella. De aquí es, pero casi nadie lo conoce. Parece que estudia afuera. No sé. Al papá y que lo tienen preso. Como es menor de edad… Eso estuvo muy feo, David.

Los músicos no descansan. Ejecutan una canción tras otra y los alemanes le siguen el fuelle bailando animosos con sonrisas buriladas en piedra. Uno de los músicos, el que ejecuta el acordeón, se deshace del instrumento, apoyándolo en el piso, y se dispone a servirle de pareja a una de las italianas de las del toldo dos que se han quedado disfrutando del espectáculo. Una señora esbelta y buenamoza que bailaba sola por entre los pasillos de las mesas, con un ritmo envidiable, por demás profesional.

Carmen le dice a Jesús que se quede quieto y deje de estar prendiendo y apagando el ventilador que tenemos al lado, que lo va a quemar y vamos a tener que pagarlo como nuevo, pero el muchacho no sólo no obedece sino que sale a la carrera hacia los músicos y agarra el acordeón que reposa en el suelo. El director del conjunto no sabe qué hacer y busca con los ojos entre la gente como preguntando dónde están los padres de este diablo. Logro controlar a Jesús, pedir disculpas por el abuso, devolver el acordeón indemne, y regresar con el niño a la mesa.

Los músicos aprovechan el impase y comienzan a pasear por la terraza con el sombrero tendido para recoger las propinas mientras, como despedida, cantan: *"tarde vine a saber / que te llamaban la araña..."*

Antes de salir, uno de ellos, el de la charrasca, le da el pésame a Félix y a David y a Evelyn, y les deja sus respetos al resto de la familia en nombre del grupo:

Cada día esto está más violento, mis hermanos; afirma el hombre con mueca compungida. Nadie está seguro. Hoy les tocó a ustedes, mañana a cualquiera de nosotros.

Él se lo buscaría; responde Félix, estoico, mirando hacia otra parte. No era ningún santico, no. Desde muchachito andaba en tropelías. Lo bueno es que ahora su mamá va a descansar, vivir su vida. El otro tendría sus motivos.

¡Ajá, tío!; interrumpe con vehemencia David ante la sorpresa del músico y la curiosidad manifiesta de Evelyn. El primo no era ningún santico, como tú dices; y el otro tendría sus motivos, y está bien que lo haya matado. ¡¿Pero así?! ¿Con saña? ¿A machete? ¿Partiéndole la cabeza? ¿Abriéndole el cuello? ¿Desmochándole las manos? ¿Desguazándole los pies? ¿Desangrándolo a borbotones? ¿Sacándole las tripas? ¿Machetazo tras machetazo? ¿Hasta dejarlo en pedacitos esparcido por el suelo? ¿Delante de todo el mundo? ¡No, chico! ¡Eso es demasiado!

Carmen y yo cruzamos rápidas miradas y nos rendimos ante la evidencia: Jesús no se va a comer el pescado. Ya está frío y las moscas se han dado banquete. Recogemos las cosas, tomamos de la mano al niño, que curiosamente no protesta, y caminamos hasta el escritorio azul de Evelyn. Le pedimos la cuenta, le pagamos en efectivo, le damos la propina a Félix con un abrazo, y nos despedimos en la puerta de David.

Salimos con paso firme por el corredor exterior del restaurante alcanzando a divisar la espalda de los músicos que van por la carretera, rumbo quizá hacia otras playas, siempre entonando sus canciones de rocola.

Montamos en el carro, donde con suerte Jesús se dormirá tan pronto arranquemos, y enfilamos para casa. Los alemanes quedan atrás, en su esquina, bebiendo cerveza, admirando el mar, dispuestos con calma, en espera activa, a disfrutar del ocaso.

TAMUNANGUE PARA GONZALO

A Marlene.

No conozco Barquisimeto. Dicen que es una ciudad hermosa, llena de sitios interesantes y que la música te abraza en cada esquina.

Mi cuñado Gonzalo vive allí desde hace mucho tiempo, desde joven, cuando estudió en la universidad. Ahora, en cualquier pestañear de ojos, se nos hace abuelo. Es lo que llaman los barquisimetanos, un *barquisimetido.*

Desde novios, mi esposa y yo vamos a visitarlo. Primero solos, y luego con la familia. Dos o tres veces por año. Salimos en el atardecer de un viernes, recorremos los trescientos y tantos kilómetros de carretera, y le llegamos a eso de las diez y pico de la noche.

Al principio, llegábamos al centro, cerca del obelisco, a una clínica veterinaria que regentaba y le servía de vivienda. Luego a los suburbios, en Cabudare, donde tenía una casita de dos habitaciones y espacio para ampliarse. Un poco después, a La Mora, a un apartamento de cuatro habitaciones y porche que compró en la planta baja de un conjunto residencial clase media, mucho más cómodo para él y los muchachos. Ahora llegamos a El

Manzano, al otro lado del río Turbio, a su nueva casa de dos pisos y terreno amplio para criar conejos, gallinas, patos y hacer parrillas y sancochos.

Pero el ritual siempre ha sido el mismo:

– ¿Cómo estás, cuña'o? ¿Una cervecita?

Y después la otra y la otra y la otra, hablando pendejadas y escuchando canciones antiguas.

No conozco Barquisimeto ni cómo es el camino de regreso. Los lunes me levanto con una migraña horrorosa, con el estómago vuelto leña y la boca maloliente, obligado a ir a la oficina y soportar el silencio terrible y la cara engarruñada de mi mujer.

Uno de estos días deberíamos ir a conocer esa ciudad. Dicen que es hermosa y llena de sitios de interés y que la música te abraza en cada esquina.

HERACLES

A José Manuel Peláez.

¡Mira qué casualidad, Perucho Bravo! Antojarte de pedirme razón de Heracles, justo cuando anoche me estaba acordando de la última vez que lo vi, hace años; y dime si no es oportuno, con lo importante que es para mí echarte finalmente ese cuento. Aunque no lo creas, involucra el honor de tu familia, el buen nombre de Hipólita Salazar, tu madre. ¡Por este puñado de cruces, mi hermano querido!

No hacía mucho que te habías ido a estudiar a Caracas, a la universidad, como los demás muchachos lo hicieron a Valencia, a Maracaibo, a Mérida, a Ciudad Bolívar, a Puerto La Cruz; y yo, que siempre fui más tapado que un submarino, y papá que no tenía real para mandarme a Tierra Firme, me quedé realengo en Porlamar, sin perro que me ladrase ni árbol que me diera cobijo, dando más vueltas que semilla en boca de vieja, rebuscándome un trabajito para ir pasando los días y colaborar en la casa que, tú sabes, siempre hace falta un medio para completar un real. Por las noches, caminaba hasta el muelle a observar los barcos adormecidos por las olas, y al faro de La Puntilla barriendo el cielo con su haz recurrente, o iba a pasear por la plaza Bolívar ansiando cruzarme con algún conocido para ponernos a conversar de las carreras de caballos, de la lucha libre, del juego de pelota o de cualquier otra estulticia que se nos ocurriera; o, si no, a contemplar a las muchachas, Hijas de María, saliendo con sus vestiditos blancos y sus medallas de plata de la misa en la iglesia San Nicolás. Si tenía algún bolívar picándome en el bolsillo, me empujaba al cine Paramount a ver alguna mexicana, y si era repetida, hecho el loco, como el que no quiere la cosa, me iba despacito – tal cual hice la vez de la que te digo – por la calzada de la calle Igualdad, diciéndole «buenas, buenas» a las familias que tomaban el fresco a la puerta de sus casas, derivando hacia el cementerio nuevo, cuando por esos rumbos no había nada, sino polvo, una vereda de tierra amarilla que conducía a Conejeros, y un tremedal reseco y hediondo donde comenzaba el rancherío hosco de Ciudad Cartón, y, por supuesto, mi norte: El Olimpo.

¿Te acuerdas? El botiquín de Chente "Maneto". Más de una vez nos refugiamos allí, eludiendo el fastidio de Ciencias de la Tierra, cuando escapábamos al mediodía del liceo Nueva Esparta. Unas cervecitas. Un par de cigarrillos. Unas partidas de billar. Una habladera de necedades que nos alegraba el alma y nos hacía sentir invencibles.

Tras el ocaso, el negocio era otra cuestión. Música de rocola. Licor de toda clase. Mujeres cariñosas. Gente de cuanta ralea ha hecho Dios por estos mundos.

Al llegar, El Olimpo estaba hasta la cacha. Creo que era viernes de quincena y, por si fuera poco, un barco de la armada norteamericana había atracado en esos días, por lo que, además de los habituales, varios marineros gringos – blancos, negros, pelirrojos –, del tamaño de un mástil y gruesos como un portón, se repartían por el local, bebiendo a más no poder, abrazando a las mujeres, bailando por las esquinas, y, de vez en vez, sacando una trompeta para interpretar *"As time goes by"* y *"Do you know what it means to miss New Orleans"* como si fueran el mismísimo Louis Armstrong.

Estuve un rato indeciso en la puerta. Los hombres de Conejeros, Punda y Los Cocos bebían sus cervezas mirando con envidia y rabia a los gringos, celosos de que las mujeres no los tomaran en cuenta y solo tuvieran ojos para los recién llegados: ¡dólares son dólares, tú sabes!

«Aquí huele a pelea», me dije. «Mejor me voy». Pero, lógico, desoí mi consejo. Con paciencia y cuidado, evitando golpes o tropiezos, abrí trocha entre la gente, el humo y el ruido, hasta llegar a la barra de tablones de embalar, al fondo, donde Chente "Maneto" no se daba abasto sirviendo tragos, destapando botellas, cobrando por adelantado para que los borrachos y los pícaros no se le fueran a ir con la cabuya en la pata.

Tardé en que me prestara atención y, cuando por fin me dio la cervecita y le pagué, me escabullí del gentío, arrinconándome hacia donde la rocola sonaba opaca por la algazara de los gringos y su trompeta. "Cabeza de hacha" era la canción que se oía en el aparato, y no sé por qué carrizo me provocó cambiarla y poner "Bacozó". Así que dejé la botella sobre la cónsola y me rebusqué en los bolsillos a ver si conseguía un mediecito suelto para meterlo en la ranura y seleccionar mi preferencia. No terminé de echar la moneda y una garra como de acero me templó el hombro y escuché que me tronaban en la nuca:

– Como cambies esa vaina, te despescuezo, carajito.

Procurando calma – diciéndome para mis adentros: "no te dije que no entraras, que olía a pelea; pero, tú, terco, bruto, te empeñaste, ¿y ahora?" – volteé hacia mi agresor, dispuesto a tirarle de sorpresa un rodillazo en las bolas y salir corriendo, y topé con los ojos fúricos de Heracles Marcano que ya tenía entre pecho y espalda más de un ron Chelías, tal cual delataban su aliento y el rojo de sus cachetes, y se me mojó la entrepierna. ¡Cómo enfrentar a ese mastodonte! ¡Ni jugando!

– Heracles, tranquilo – atiné a balbucear –. La iba a repetir. ¡Si a mí me encanta "Cabeza de hacha", mi compay!

Al oír que lo trataba por su nombre, aguzó la vista para vislumbrarme mejor en la humareda del local y, casi al instante, disminuyó la tensión en la garra que me oprimía el hombro.

– ¡Adiós, peroles; si es el peor pícher que ha nacido en Porlamar! – dijo bromeando al reconocerme –. Te salvaste de chiripa, mi hijo querido, que tengo unas ganas de matar a alguien; pero no a un tonto como tú. Ven, siéntate conmigo para que conversemos; a ver si se me baja la calentera.

Te imaginarás que después de ese susto no tenía ningún deseo de sentarme a conversar con él, sino de irme corriendo para mi casa y quedarme tranquilito hasta el día siguiente, pero tampoco le podía hacer el fo. Así que agarré mi cerveza, apreté la H-14 para repetir "Cabeza de hacha", que hay que ser consistente con las mentiras, y me senté en el taburete libre que tenía Heracles a su lado en la mesa adjunta a la rocola. «Me tomo ésta y me voy», me dije y, para parecer interesado, inicié la conversación preguntándole:

– ¿Y esa broma, Heracles? Una persona tan tranquila, educada, amable y pacífica como tú, ¿buscando pelea?

Ladino que a veces le toca ser a uno, tú sabes. ¿Quién en la isla no estaba al tanto que ese hombre era un fosforito? ¿En cuántas oportunidades no se fue a los puños contra un equipo de beisbol completo, allá en Genovés, porque no le gustó un picheo o le cantaron un strike o se ponchó? ¿Te acuerdas? ¿Y las ocasiones en que le dio una trompada a alguien porque no le respondió los buenos días? Pero yo no me iba a poner de impertinente esa noche, y menos después de haber sentido la presión de aquel puño. ¡Qué va, oh! Mejor irse por lo bajito y llevarse el gollete de la botella a los labios y saborear la cervecita mientras Heracles echaba su cuento y se calmaba.

Sin responderme, se sirvió dos dedos de ron seco en un vasito corto, lo mantuvo entre pulgar e índice, y se quedó mirando por encima de la gente hacia el lado opuesto del salón donde uno de los gringos, un negro retinto como Mandinga, ejecutaba la trompeta bajo un bombillo que le resaltaba aún más lo oscuro de la tez. Era inmenso el negro. Como de dos metros. Musculoso. Sudaba a chorros por el calor y la actividad. Al soplar el instrumento, los carrillos se le enrojecían e hinchaban a tal punto que si hubieran tenido inscrito "Feliz Cumpleaños", fácil hubiesen sido globos de piñata. Interpretaba "Mood Indigo"; y lo hacía tan bien que hasta Duke Ellington lo habría aplaudido.

Heracles se empinó los dos dedos de ron y, tras limpiarse la boca con el dorso de la mano, me dijo afirmando con la cabeza, señalando al negro con los labios:

– A ese huele verga es al que voy a entrompar. Va a ver lo que es bueno.

«Termínate la cerveza y vete de una buena vez», me volví a aconsejar, pero, en lugar de hacerlo, me incliné hacia Heracles y le dije conciliador:

– Caramba, mi hermano querido, apacíguate. Ese no es tú carácter, chico. Vamos a beber tranquilos y aprovecha y cuéntame que es lo que te atormenta para que te desahogues. Nada puede ser tan malo como para buscarse una vaina más. Peor. Y todo pasa, Heracles. Todo se olvida. Tú sabes, llueve y escampa.

Bobo que es uno, Perucho Bravo. Dando consejos, como si... Pero bueno... El asunto es que el hombre pareció hacerme caso. Arrugó la boca y asintió, dándome la razón. Se sirvió en el vasito lo que quedaba de ron en la botella que tenía en la mesa. Se lo bajó seco y volteado; y me indicó que hiciera lo mismo con mi cerveza. Obedecí. Eructé. Se rió.

– Ah buen gañote, primo.

"Por lo menos, ya está en otra actitud", pensé. "Valió la pena. Ahorita me levanto, le doy una palmada en el hombre, le agradezco la compañía, me excuso porque tengo que ir con papá mañana temprano a hacer una diligencia en La Asunción, y buenas noches, aquí no ha pasado nada".

Pero una cosa piensa el burro y otra el que arriba lo arrea. Heracles se paró y de un grito que parecía un huracán le pidió a Chente "Maneto" otra botella de ron Chelías y una cervecita bien, pero bien fría para mí.

– Yo invito – me dijo.

¿Qué podía hacer? Tomármela. ¿Qué más? "Ésta, y ya. Punto y aparte. Si te he visto, no me acuerdo», afirmé en mi interior tratando de aplacar la conciencia que no dejaba de gritarme: "¡Vámonos que para luego es tarde, caramba. Aquí se va a armar la de San Quintín". Pero, cómo negarme.

Mientras traían las bebidas, para agradecer a mi anfitrión, volví a la rocola, apreté de nuevo la H-14, que la "Cabeza de hacha" que yo había seleccionado anteriormente estaba por finalizar: *"he vivido soportando un martirio / Jamás he de demostrarme cobarde / Recordando aquel proverbio que dice / Más vale tarde que nunca, compadre".* Ante mi gesto, Heracles volvió a sonreír, instándome a sentarme otra vez frente a los tragos que estaban sirviendo. Chente "Maneto" había marcado tiempo record y no le cobró. Sólo le dijo: "Te lo anoto en la cuenta", y se fue. ¡Cómo conocía a sus clientes ese señor!

– ¡Salud, Heracles!, por la buena vida y las mujeres, ¡aunque mal paguen! – brindé.

Él retribuyó el brindis con una nueva sonrisa y cometí la imprudencia de repreguntar por el motivo de su molestia. Me miró condescendiente, evaluando quizá si podía confiar en mí. Se encogió de hombros, se humedeció los labios con el ron, escuchó el reinicio de *"Cabeza de hacha"* - *"Ya me voy de esta tierra y adiós /*

a buscar hierbas de olvido y dejarte / a ver si con esta ausencia pudiera / con relación a otro tiempo olvidarte"-, y me dijo en un susurro:

– Lo que pasa, mi hijo querido, aquí entre nos, es que estoy metido en un berenjenal. No voy a cumplir una orden de mi hermano Euristeo. No esta vez. No me sale del alma echarle esa lavativa que él quiere echarle a Hipólita Salazar. A la familia Bravo. No me da la gana. No, señor. Y eso tiene consecuencias. Graves. Si lo sabré yo.

Cuando mencionó el nombre de tu mamá, tu apellido, Peruchito, se me pelaron los ojos, se me resecó la boca, se me despertó la tripa cañera, las ansias por más cerveza. "De aquí no me voy hasta que me eche el cuento enterito", me dije aferrado a la botella. "Si serás irresponsable, gran carajo", me retrucó la conciencia. La mandé a callar, que los amigos son los amigos, y no podía quedarme con la intriga.

La rocola proseguía con su *"he vivido soportando un martirio / jamás debo demostrarme cobarde / arrastrando esta cadena tan fuerte / hasta que mi triste vida se apague".* Heracles señaló a la máquina, como para que prestase atención a la letra, y, melancólico, continuó:

– Esa es mi historia, carajito. Como en el programa de radio: "La historia de una canción". Heracles "Cabeza de hacha". Mejor que cabeza de machete, por lo menos. *"Arrastrando esta cadena tan fuerte, hasta que mi triste vida se apague".* Pero nunca me he quejado. Nunca me importó que mamá le abriese las piernas al desgraciado de mi padre, ni ser hijo natural, ni haber tenido que vivir como un recogido casa de mi hermano. Esa es la suerte que me tocó, y la he asumido tal cual. Tampoco ha sido tan mala. Que ser hijo de un poderoso también tiene vainas buenas, así no lleve su apellido. Terminé sexto grado. Sé leer y escribir y sacar cuentas. Me mandaron a Trinidad a aprender inglés, y lo hablo hasta en cuti. No me ha faltado jamás techo ni comida, ni real en el bolsillo, ni una mujer con la cual desfogarme. ¿Cuántos pueden decir lo mismo en esta isla de miseria? ¿Que a cambio he tenido que padecer una que otra humillación, que ejecutar alguna verga no muy santa? ¡Gran cosota! No hay almuerzo gratis, mi compay. Pero todo tiene un límite, mi hijo querido. Un hasta aquí. Un ya está bueno.

Bebió un sorbo del vasito y permaneció unos minutos en silencio, abstraído. Tal vez reflexionando si continuar o no, o buscando por dónde proseguir. Aproveché para irme a buscar otra cerveza que la mía se había evaporado con el prólogo del relato. «¿Vas a seguir bebiendo, vagabundo? ¡Para eso de una vez y vete para la casa!», escuché en el trayecto que me decía la conciencia. ¡Mujer al fin! Ni bolas le paré. Pero, cuando le pedí a Chente que me diera una fría-fría-fría, como un iceberg, y que la anotara a la cuenta de Heracles; me repitió, al dármela, como un eco, lo mismo que mi conciencia: «mira, muchachito, mejor no sigas bebiendo y lárgate para tu casa. A ese compadre tuyo le falta un tornillo y, cuando se emborracha, no conoce ni a su mamá», y, tú sabes, Peruchito, Chente "Maneto", de mujer no tenía ni pisca. No obstante, tampoco le hice caso. Agarré la cerveza y volví a mi sitio dispuesto a averiguar lo que pasaba entre Heracles y tu familia, cuál era la vaina que no le quería echar a tu mamá.

– Es verdad lo que dices, Heracles. Todo tiene un límite – solté al mismo tiempo que me sentaba para retomar el hilo de la conversa.

– Es así, mi hermano querido. Uno puede, por ejemplo, aceptar sin mayor problema las labores del hogar; que Euristeo se levante una mañana, se recueste al destilador y te diga como si no fuese contigo: «Habría que limpiar el gallinero; está hediondísimo». Uno, que sabe que es una orden, deja lo que está haciendo y se mete de frente en aquel corralón lleno de gallinas, pollos, pavos, patos, palomas, conejos y chivos, que se cagan y mean por doquier, a darle baldazos de agua y chorros a presión con la manguera, sin descansar, mañana y tarde, para soltar la guate y las cagarrutas, y amontonarlas para hacer abono o qué sé yo; y por más que uno se esfuerce, al anochecer, el gallinero sigue igual de sucio porque los animales no dejan de cagar y mear. Entonces se te ocurre hacer unos canales que traigan el agua directo del río y del pozo para que de continuo se irrigue y se limpie, y al día siguiente haces las zanjas y los desagües, y efectivamente resuelves el problema y vas donde Euristeo y se lo dices, y él, ingrato, como si no fuera gran cosa, te responde: "Vamos a ver cuánto dura eso, con la sequía tan atrinca que viene".

Se sirvió más ron, pero no lo engulló, lo dejó sobre la mesa, se acarició los muslos y las perneras del pantalón caqui que vestía se le humedecieron. Le sudaban las manos. Yo también dejé quieta la cerveza, pendiente de que continuara el cuento, que en la rocola no dejara de sonar "Cabeza de hacha", para que no terminara nunca de irse de esta tierra y adiós, de arrastrar esa cadena tan fuerte, hasta que su triste vida se apague, sin que me dijera cuál era el problema, la orden que no quiso obedecer. Él, sin tomarse el trago, con las manos sobre las piernas, continuó:

– Tampoco tengo inconvenientes con que Euristeo me diga: "Heracles, ven acá, vámonos para el conuco que hay que matar unas culebras que anidaron en el pozo séptico y se multiplican como acures". Uno va, se faja como los buenos, y aquel culebrero no te da tregua. Matas una: salen dos de no sé dónde. Dando y dando, machetazo va y viene. De pronto se te ilumina el cacumen, le metes candela a todo eso, y de las culebras no dejas ni el recuerdo. A cambio no recibes ni las gracias. Pero bueno, qué más da. De igual forma, no me incomoda que me diga: «hoy amanecí con ganas de comer venado, o un verraco, ve y búscame uno; pero no quiero que lo caces con la báscula que después, comiendo, los perdigones me pueden quebrar una muela». ¿Cuál es el problema? Uno se va tranquilito para Macanao, resigue las huellas del animal en cuestión, pone los cebos y, así sea a mano alzada, se trae la presa para el almuerzo. Total, si se quiere, eso también es una manera de colaborar con la casa, y uno vive allí, y algo hay que aportar.

Agarró el vasito, lo giró entre los dedos sin levantarlo; sumergió la mirada en los tonos miel de la bebida. Después, de súbito, lo alzó, se lo zampó sin respirar. Se sirvió otro, y también, de un solo guatacarazo rabioso, se lo hecho al buche. Hizo lo mismo una tercera vez. Entonces, prosiguió con el relato:

– Sí, tengo que confesar que otras tareítas no me han gustado tanto, pero uno es del tamaño del compromiso que se le presenta, y mamá siempre me dijo desde pequeño que tenía que obedecer a mi hermano, que era importante que lo cuidara y complaciera, que ese era mi deber; que lo hiciera por ella y por papá. El viejo también me lo dijo de otra forma, «mientras cumplas con tu hermano, nunca te faltara nada, sobre todo en las cuestiones del negocio». Y por el negocio, por fregar a algún competidor, para ponerle freno a algún pícaro, he tenido incluso que hacer más de un robo: de ganado, de toros de lidia, de perros vigilantes; y hasta alguna paliza he tenido que dar. Vainas de las que no quiero decir más nada, que ya tengo bastante cargada el ánima para enervarla más.

– ¿Y qué fue lo que colmó el vaso, Heracles?

Me miró de refilón, y se sirvió más caña hasta acabar con la botella. Se acarició el pantalón caqui, se arremangó las mangas de la camisa y respiró hondo como si quisiera fumarse el humo que había saturando el ambiente. Estaba rojo como un pitigüey cuando continuó:

– Esta mañana, como de costumbre, Euristeo estaba junto al tinajero, sirviéndose un pocillo de agua fresca, y, cuando me vio, sin darme los buenos días, soltó: "¿Quién habrá ganado la licitación para construir las fabricas de hielo en Pampatar, Juan Griego, Punta de Piedras y Boca del Río?". "Adiós, peroles –pensé–; a Euristeo se le zafó un tornillo. ¡Si él mismo vino ayer con la noticia!". "Ganó Eugenio Bravo", le dije sin mayores detalles ni controversias. "Eugenio Bravo, cará. Ganará un montón de plata con esas obras, y con la mujer tan bonita que tiene. Hay hombres sortarios en la vida", dijo como reflexionando, y continuó: "¿Qué haría ese señor si su mujer le montara cachos?". "¡No!, Euristeo, de verdad, perdió la razón – me dije -; si Hipólita Salazar es la mujer más honesta que hay en toda esta isla", y le respondí: «Ése se mata. No soportaría la vergüenza, y sería incapaz de hacerle ningún daño a su mujer. Seguro se mata, se ahorca, se tira por un barranco». "Hum – siguió Euristeo como meditabundo -. Y si Eugenio Bravo muere, se suicida, ¿quién haría las obras esas de la licitación?". "Definitivamente, Euristeo está insano", volví a pensar, y le solté: "Eso no va a pasar nunca en la vida, Euristeo. Hipólita, primero muerta que en una vagabundería". "Ajá; afirmó con los párpados, y se quedó como soñando antes de continuar: Pero no tiene porqué ser verdad, ¿no es así? Basta con que Eugenio lo crea, se lo imagine". Me lo quedé mirando, sabía que ahí, detrás de esas palabras venía la orden, alguna vaina mala se le habría ocurrido y el más huevón tendría que ejecutarla, y así fue: "Figuremos que otro hombre, yo por ejemplo, tuviese una prenda íntima de Hipólita. Una especial. Una que sólo ella hubiese poseído, y todo Porlamar se enterase, por chismes, por rumores, por haberla visto en manos ajenas, que Hipólita entregó esa prenda a su amante como prueba de amor, ¿no sería suficiente para que Eugenio se volviese loco y se matase?". Respondí con miedo: "Supongo que sí". Él se quedó mirando a la lejanía, hacia la empalizada de varas de mangle del traspatio: «Casualmente, he sabido que existe una pantaleta de seda, color perla, de tira bordada, con cintas lilas y rosa, que a la altura de la cintura tiene escrito con delicados brocados: Hipólita Salazar. He sabido que anoche la lavaron. Habría que ir a buscarla en su tendedero».

"Cabeza de hacha" había cesado en la rocola y, al otro extremo del local, el negro interpretaba los primeros compases de *"Good Morning, Heartache"*. Heracles calló. Su mirada destilaba éxtasis, como si evocara un amor remoto, especial. "Esa es la mejor canción de jazz que existe", murmuró. "Buenos días, despecho".

En Trinidad la escuchaba cada vez que podía; pero hace falta quien la cante. En la letra está lo hermoso". Y como si le hubieran obedecido, otro negro, uno flaquito de rasgos finos, con el pelo tan engominado que reflejaba como un espejo la luz del bombillo, comenzó a cantarla con un sentimiento, con una voz, con un fraseo, carajo, Peruchito, que ni Billie Holiday, mi hermano. Todos en El Olimpo callaron para escucharlo.

– Ese vergajo tiene que ser mariolo – dijo Heracles sorprendido –. Ningún hombre canta así. Seguro el de la trompeta es su macho. El que se lo machuca. El que le saca los granos. El que... – y, a medida que hablaba, se iba enfureciendo otra vez -. Cuerda de gringos maricos, no joda. No me aguanto esa vaina. Ya verá esa retahíla de pajúos lo que es bueno. Y el primerito va a ser el de la trompetica. Me tiene arrecho con ese ruido de mierda que no permite disfrutar "Cabeza de hacha" como Dios manda. Por cierto, carajito: hay que volverla a poner; entretanto, pido más caña: ya la fuente se secó. ¡Chente "Maneto", se útil y tráeme más ron y cerveza, de una vez, que para luego es tarde!

Mientras llegaban las bebidas, obedecí. Nervioso, Peruchito. No solo temeroso por si Heracles se antojaba de pagarla conmigo, sino pensando en la tragedia que se cernía sobre tu familia, en cómo te iba a golpear la noticia allá tan lejos: tu padre muerto, tu madre adúltera. Y tú sin oportunidad alguna de hacer nada, de socorrerlos, de poder continuar los estudios. *"¡El recontracoño de la madre!"*, me dije, apretando la H-14. La conciencia estuvo de acuerdo conmigo en que no podía irme hasta saber lo que ocurría, lo que ocurrió, «pero, no bebas más que se te va a subir a la cabeza», y ya se me estaba subiendo, y sobre todo, bajando a la vejiga. «Debería ir al baño, pero no antes de concluir la historia», pensé.

– Y, entonces, qué hiciste, Heracles. ¿Buscaste el asunto?

Él no se sirvió en el vasito, tomó directo de la botella. La manzana de Adán le bajaba y le subía como pistón. Se limpió la boca con la palma de la mano y, con un gesto, me instó a beber:

– ¡De bolas que fui a buscar las pantaletas! – dijo como si fuera estúpido haberlo preguntado -. Órdenes son órdenes, carajito. Cómo me iba a negar. Ni cinco minutos tardé en llegarme al Caserío Fajardo, por detrás de la casa de los Bravo. No se veía movimiento, como si hubiesen salido. Cauteloso, salté el cardonal que sirve de cerca al patio. Eso estaba solo-solito. Una gallina picoteando tierra bajo la mata de almendrón. Una lagartija que salió espantada con mis pasos. La casa muda y triste a mi frente. No más. Ni gato ni perro. «Pan comido», me dije, y sin mayor cuidado fui derechito al tendedero. Un mantel a cuadros que debió haber visto mejores años. Un pantalón de guayacán aleteando en la cuerda. Cuatro pañuelos azules con rayas moradas guindaditos uno al lado del otro. Y, tal como había dicho Euristeo, la pantaleta de seda color perla, con cintas rosas y lilas, con el monograma de Hipólita Salazar en la cintura. ¡Grandísima, muchacho! ¿Qué más cabía esperar?, si tu sabes que esa mujer tiene un fundillo, caramba, como para un trono episcopal.

No te alteres conmigo, Peruchito, que así dijo Heracles. Yo lo que estoy es repitiendo sus palabras, no faltándote el respeto. Aunque, dentro de todo, objetivamente, él tenía razón. No puedes negar que tu mamá, que Dios la tenga en su Santa Gloria, si algo tenía grande, era el fundillo; y el corazón, claro está. Mujer tan generosa como tu madre no existen más. Por otra parte, Heracles lo dijo con respeto. Hasta admirado. Y no se detuvo en comentarios lascivos. Siguió contándome que, sin perder tiempo, alzó las manos para liberar de sus ganchos a la pantaleta cuando, me dijo, arqueando las cejas:

– No me lo vas a creer, mi hijo querido: tuve una revelación. Vi clarito, como si estuviese frente a mí, a Euristeo encerrado en su cuarto, desnudo, oliendo, besuqueando la prenda íntima de Hipólita, restregándosela por la cara, por el cuerpo. Acariciándose íntegro con ella: el pecho, la barriga, las piernas. Llevándosela al pipe y pajeándose como loco con la pantaleta; hasta eyacular y llenarla de esperma. Una esperma viscosa, amarillenta, hedionda. ¡Y me dio una tibiera, mi compadre! No con él. Conmigo mismo. «Qué vaina es ésta, Heracles Marcano», me dije. «Una verga es ser sirviente, guardaespaldas, matón, pero ¿sigüí?, ¿alcahuete?, ¿cabrón? Que ese grandísimo carajo de mi hermano se las arregle solo, que se busqué él mismo sus mujeres. ¿Y qué me ha hecho esta gente de los Bravo para envainarlos así?». Entonces dejé el tendedero. Volví sobre mis pasos. Agarré la gallina que picoteaba tierra y de una sola sacudida la despescuecé quedándome con la cabeza en la mano. El cuerpo del animal salió correteando por el patio como si buscara su miembro perdido, y la aplasté de un pisotón que dejó una estela de plumas y polvo. Tumbé de una patada dos tunas del cardonal y salí a la calle cada vez más caliente, mas arrecho, más queriendo sangre. Si hubiera tenido hijos, los hubiera matado y comido para librarlos de la vergüenza de tener un padre tan huevón.

Se echó dos tragos seguidos y me miró con más rabia de la que tenía cuando llegué:

– Ahora la vaina es otra, carajito. No puedo volver a casa y decirle a Euristeo que no cumplí. Nos vamos a entrompar, y voy a volverlo maíz pilado. ¿Qué va decir mamá?, ¿papá? ¡Caín, coño de tu madre, derramando la sangre de tu hermano! Prefiero meterme en otro lío y que me enjaulen, treinta años en la Isla del Burro, en Guasina. O que me maten. Y en esas estoy, mi hijo querido.– Se echó un nuevo palo de ron y apuntó con el vaso hacia el otro lado del local.– Ese trompetista de mierda es mi mejor candidato.

La gente estaba cada vez más alborotada en El Olimpo. Más ruido. Más humo. Más baile. Más música. Los marineros, cada vez más alegres. Los otros parroquianos muertos de la risa conversando entre ellos. Chente "Maneto" cada vez más ocupado. "Cabeza de hacha": incansable. Yo, con ganas de más cerveza, de orinar, de emborracharme hasta perder la razón.

Heracles, mirando al vacío, quizá pensando en el futuro, me dijo: "Ya vengo", como indicándome que iba al baño. Pensé que debía imitarlo, pero en lugar de eso – "todavía aguanto", me dije –me levanté para realimentar a la rocola, a buscarme una nueva cerveza, por más que la voz interior insistía: "ya te enteraste de lo que ocurre; aprovecha que el gigantón no está, ¡anda vete de una vez, carajo!".

Por eso no vi cuando Heracles agarró al negro gringo por el pecho, le pisoteó la trompeta, lo arrastró hasta la rocola y comenzó a darle cabezazos. Sólo sentí el estropicio de las tablas, de los vidrios de los vasos y botellas quebrándose, los empujones que me dieron hasta tirarme al suelo embadurnado de saliva, sucio de tierra y polvo, salpicado con colillas de cigarro, cuando la pelea se multiplicó en El Olimpo.

Logré arrastrarme hasta debajo de una mesa en la esquina.

Agazapado, mal bebiendo de la botella de cerveza que había perdido la mitad del contenido con la caída, pude ver las botas y las piernas de los marinos abalanzándose en gavilla contra unos pantalones caqui que eran los de Heracles, y cómo esas mismas botas y piernas gringas perdían contacto con el piso y, después, un ruido sordo de piedra golpeando piedra, y los cuerpos de aquellos negros, rubios y pelirrojos, cayendo cuan largos eran próximos ante mí. Algunos se levantaban y volvían hacia los pantalones caqui, y otra vez la misma escena y los mismos ruidos.

Me acabé la cerveza, cerré los ojos, y empecé a rezar, a arrepentirme de no haber escuchado a mi conciencia. Entre rezo y rezo, impulsado por una fuerza interior que no pude controlar, me puse a gatas, y, avemarías van y vienen, eludiendo cuerpos, pisotones, sin importarme los gargajos y la sangre en el piso, gateé y gateé hasta la puerta; y seguí gateando por las veredas polvorientas que concluían en el cementerio nuevo.

Pudiendo levantarme, no sé por qué, seguí en cuatro patas, rezando rosarios infinitos, por la calle Igualdad, por la plaza

Bolívar, hasta mi casa, Peruchito; y, del susto, temblando, no quise salir de la cama hasta el lunes, cuando amanecí todo meado, que ninguna vejiga tiene tanta resistencia.

Después supe en el mercado que El Olimpo quedó vuelto leña, que llegaron los policías y los oficiales del buque norteamericano, que no hubo presos, que todo se resolvió entre amigos, que le pagaron a Chente "Maneto" un platal en dólares, billete sobre billete, y que Heracles se marchó para no volver.

Con los mismos gringos se fue. «Un hombre con tanta fuerza y coraje siempre es útil en el combate y alta mar», dicen que dijeron al contratarlo.

Comentan los que lo vieron irse esa madrugada, que iba moneando la cadena de la serviola de estribor de aquel acorazado gris, como si fuera él quien tirara del ancla para levarla, saludando con mano alegre a los que por allí había - en el muelle, en la playa, en los botes pesqueros -, gritando a pulmón henchido, cual muchacho que abandona una partida de metras:

– ¡Adiós ojos que te vieron, paloma turca! Díganle a Euristeo Rodríguez que ni se le ocurra meterse con los Bravo, de infamar a Hipólita Salazar. Que a partir de hoy, ¡Heracles Marcano echa tierrita y no juega más!

Me han dicho que murió en el norte.

De viejo.

Que lo enterraron en el Saint Raymond's Cementary en el Bronx de Nueva York. Justo al lado de Billie Holiday.

Hasta suerte tuvo. La negra no le cantara desde su tumba "Cabeza de hacha", pero sí "Good morning, heartache", como para que recuerde la última noche que pasó en la isla, o sus años mozos en Trinidad.

Si alguna vez vas por esos lares, Peruchito, llévale flores y rézale un padrenuestro. Le debes una.

LO CELESTIAL TREPA POR LAS PAREDES

En la Capilla Sixtina, lo celestial trepa por las paredes y hace explosión en la cúpula. Desde abajo, nosotros, minúsculas almas terrestres, contemplamos en éxtasis el espectáculo, atormentados por nuestra ignorancia y el tumulto, al compás de los gritos persistentes de los guardias: ¡Silencio! ¡No vídeos! ¡No fotos!

ALGO SE NOS QUEDA

Para Alasia, que aún me debe el cuadro.

Hace un calor de mierda y la humedad relativa es absoluta. Por si no bastara, a lo largo y ancho, de norte a sur, de este a oeste, por dentro y por fuera, los mechurrios con sus llamaradas furiosas incendian el aire, oscurecen el cielo, martirizan a las nubes. De allí la certeza: esto es el infierno.

Ya habíamos cruzado el famoso puente y el conocido lago, ése desbordante de torres metálicas de punta a punta que hemos apreciado tantas veces en los textos, en postales, en películas; pero, en los textos, en las postales, en las películas, no hiede así como hiede, ni en sus riberas hay esos pájaros, que sí abundan, con plumas esmirriadas y untados de brea de pies a cabeza, como pícaros que escaparon al linchamiento en un western italiano. Ni tanta basura al mayor y al detal en sus playas. Ni tanto niño desnudo saltando en los manglares.

De aquí hay que irse, ¡y rápido!; nos dice el compadre Carlos, que aún no es mi compadre y nos acompaña desde que salimos del aeropuerto rumbo a éste primer empleo, dibujándosele en el rostro una expresión de desconcierto y estupor que seguramente Carmen y yo también manifestamos. Pero, al igual que él, somos jóvenes, es decir: ambiciosos; y si Carlos es soltero, nosotros recién casados; y los tres lo que hemos venido es a ganar plata, y de la buena, y no a disfrutar del paisaje.

Nos hospedamos en el hotel que nos reservó la compañía. Desproporcionadamente moderno para tanta casa maltratada y techos de cinc oxidado que se dispersan entre palmas y tunas y cardones y rastrojos, en el bochorno indoblegable, en el vahaje hirviente, en la candela nocturna.

Al día siguiente, mi esposa y yo debemos entrevistamos con el potencial casero y, en la misma mañana, ir a conocer el apartamento que nos atrajo en el aviso del periódico. Edificio nuevo. Teléfono. Zona tranquila. Un puesto de estacionamiento. A estrenar y con un precio por demás razonable.

Por ahora, organizamos el equipaje en la cómoda de la habitación y en la estantería del baño; cenamos un par de sánduches que ordenamos por teléfono y dormimos rico, por el cansancio del viaje y la bendición del aire acondicionado.

Inesperadamente puntual, Harry Miller viene a buscarnos a la hora convenida. Su físico, acorde con su nombre: alto, rubio, fuerte. Su acento y sus expresiones: tan locales que no pueden ser. Tercera generación de gringo nacido y criado en este pueblo. Posee una carpintería y una farmacia y una camioneta doble cabina con radio-reproductor de alta fidelidad.

El apartamento es más bien grande. Tres habitaciones y dos baños. Cocina, sala-comedor y lavandero. Sin equipamiento alguno. Tiene ventanales amplios con vista a un colindante patio de tanques para almacenaje y distribución, saturado de monumentales cisternas de petróleo y tuberías y cabrias, y un sinfín de mechurrios y balancines, y obreros en constante movimiento. No nos importa. Total, es por un ratico, no para toda la vida.

Damos el sí y Miller nos conduce adonde su abogado para que prepare el contrato y firmemos de una vez.

– ¡Yo no se los hubiera alquilado! –suelta casi insultante el leguleyo en el salón de su casa que ha habilitado como oficina, rascándose la cabeza y jugueteando en la boca con un lápiz Mongol número dos que ensaliva como si fuera una chupeta. –Ustedes no tienen ni una referencia, ni una garantía, ni un ahorro, están empezando en el trabajo... Puro riesgo son, y me disculpa, señora, pero es así... Sé que toda pareja tiene derecho a empezar... Pero... Ahora bien, como Harry es el que manda... Allá él... ¡Cuidadito con echarle una lavativa! No todo el mundo le da un chance como éste a unos limpios como... Y tenéis que cuidar el apartamento, muchachos. Mantenerlo impecable. Y pagar a tiempo. Ni un día de atraso. ¿Me entienden? Si no, se la van a ver conmigo, y descubrirán lo que es bueno... Ya les echo un cuentico...

Carmen me aprieta la mano y, al abogado que nos apunta con dedo amenazante, le sonríe. Una sonrisa contenida de insultos y malas palabras. Yo me limito a firmar el contrato y dar el cheque de garantía. Uno es joven, es decir, audaz, y hay que tomar riesgos en la vida.

– Todo va a salir bien, mi amor; ya verás.

Tal como nos recomendaron, para irnos adaptando a las costumbres, bajo un sol rábido que derrite el asfalto de las calles, almorzamos en la plaza, al lado de la catedral. Un rectángulo de tierra sin grama, con guayacanes y cujíes sedientos, sitiada por un batallón de carritos de ambulantes que venden fritangas y bebidas al paso, y son blanco de ruidosos enjambres de moscas y moscardones y desvergonzadas chiripas y cucarachas.

La vocinglería, invitando a probar los productos, aturde y desencaja. Leemos las pizarras con las ofertas de cada uno. Están en español, por supuesto, pero no entendemos nada. Nombres que en nuestras vidas habíamos visto u oído, o que deben tener un significado distinto al que conocemos. ¿Cómo se come un yoyo o un mojito o una carabina? ¿Qué es un patacón mollejúo?

Vamos por lo seguro: pedimos arepas.

Extrañados, observamos que son grandes y delgadas y las rebosan con huevo y harina, y las fríen. No las abren para rellenarlas como estamos acostumbrados a comerlas. Las acuestan en una tablilla de madera y encima le echan cucharadas inmensas de carne estofada, verduras y queso blanco rallado.

Tiendo la mano para servirme y reculo sorprendido y aterrado ante el golpe seco y continuo de una hachuela que va descuartizando sin piedad las porciones, espanta las moscas que golosas velan alrededor, y amenaza la integridad de mis dedos. ¡Cuidado, primo, que con sangre no son buenas!

Con ojos atónitos y boca abierta, veo cómo a las ruinas desmigajadas de la comida las rocían entusiastas con salsa golf y mayonesa y, finalmente, les clavan una cantidad inusual de palillos plásticos y nos las ofrecen así espetadas sobre un plato de cartón: Aquí tenéis, mi hermano. ¡Bien resueltas!

Del susto quedamos inapetentes.

En la compañía nos habían advertido de la violencia de este pueblo. De los crímenes a cuchillo y machete y pistola por quítame estas pajas; porque sí; por leyes atávicas que sólo ellos conocen.

– Una tribu de bárbaros. Hasta en el comer –comentamos.

Pero uno es joven, es decir: temerario, y cree que con valentía y buena educación se está libre de cualquier peligro.

A Carlos le asignan uno de los apartamentos para solteros que tiene la compañía en el campo. Un conjunto de bloques de tres pisos en un área verde y bien cuidada. Está perfectamente equipado con una kitchinet, un juego de sala, una gran cama, mesas de noche, clóset, teléfono, televisor, radio; un buen surtido de implementos de cocina, sábanas, toallas y, en lo alto de cada pequeño edificio, un área común para lavandería con máquinas automáticas de lo más modernas. No puede quejarse.

Nosotros sí tenemos que comprar muebles y utensilios para armar la casa y ponerla habitable. En el Departamento de Recursos Humanos nos explican que debemos volver a cruzar el famoso puente y el conocido lago y, tras una hora de viaje en automóvil, llegarnos a la capital del Estado.

No sólo para adquirir lo requerido, sino también para ir al cine o comprar un libro o comer en un buen restaurante. Cuesta creer que en una población de poco menos de un cuarto de millón de habitantes no podamos surtirnos de esas cosas.

–Ay, mi hijo querido, ¿qué te extraña? Si aquí todo el que llega está por irse. Al final, nadie se va. Tampoco invierte.

Lo miramos escépticos. Pero uno es joven, es decir: infalible; y esas cosas les pasan a otros, nunca a uno. Y nos reímos.

El camión de la mueblería llegó dos horas más tarde de lo pautado. Hemos matado el tiempo, camina que te camina, de aquí para allá, ojeando cada tanto el reloj pulsera, sudando como cochinos bajo el sol reverberante, en el estacionamiento.

Los nuevos vecinos salen a sus actividades de la mañana y nos ven como gallina que mira sal cuando los cruzamos. Nos evaden, sin dar ni los buenos días, encienden sus autos y se van, seguramente resiguiéndonos de soslayo por el retrovisor con esa mirada curiosa y repulsiva que se dispensa a los tristes monstruos de las ferias.

El conserje nos vigila con descaro desde la ventana, por entre la cortina mal cerrada, sin preguntar ni decir, a la espera de nuestras acciones. Sentimos la tensión del vigía navegando en el aire cálido. Pareciera que en cualquier momento sacará la escopeta y nos disparará como a zorros que merodean un gallinero.

Es mejor no tener mucho trato con esta gente. Lucen inhóspitas y peligrosas, nos decimos Carmen y yo, sin hablar, arqueando las cejas, torciendo la boca.

Los del transporte no se excusan por el retraso. Verifican que somos los destinatarios y desmontan los muebles en el descampado del estacionamiento. Pretenden irse sin subirlos al apartamento.

–Ah, no. Ustedes sólo pagaron transporte hasta aquí. Por subir los peroles es otra tarifa. Por pieza y por piso – nos explica altanero el chofer, con la camisa abierta, mostrando una panza prominente, sudorosa, con un ombligo grande como buchaca de mesa de billar.

Con disgusto mal disimulado, aceptamos lo que a todas luces es una estafa.

El gordo y su ayudante, un indio de ojos rasgados y patas cortas, cargan por las escaleras hasta el segundo nivel el tresillo de semicuero, la mesa de vidrio del centro, la cama, el colchón, las veladoras de pino, la cómoda de tres gavetas, los dos ventiladores de pie y el televisor de trece pulgadas, espiados por la vecina del apartamento de al lado que se asoma muda por la puerta entreabierta.

Por conectar la cocina a gas, los de la mudanza nos cobran extra.

¡Qué remedio!, estamos en sus manos.

El conserje ha observado en la entrada del edificio todo el trajín con ojos de vendedor de prendas, sin abrir la boca.

El camión se marcha dejándonos sin un real en el bolsillo y con la cólera galopándonos las sienes.

La vecina cierra al vernos regresar. Dudamos entre tocarle el timbre y presentarnos o proceder a instalarnos de una vez. Optamos por lo segundo. Bien lejos con esta gente. Mejor no dar pie a la intimidad. ¡Son tan raros! Hoscos y peligrosos...

Invertimos el resto del día en poner orden a las pocas cosas que hemos traído en las maletas.

Sentimos cómo los nuevos vecinos van tornando a sus casas.

Nadie nos da la bienvenida.

A Carlos le prestan un carrito y nos invita a la capital. Hoy hay juego de pelota y consiguió entradas para los tres. Ríos de licor corren por las gradas. Los ánimos están caldeados. En el octavo inning los locales le van dando una paliza a los visitantes. Por el acento reconocen que no somos de acá. Sospechan que somos fans del equipo contrario. Miradas de sorna y amenaza nos acorralan. Decidimos marcharnos antes que finalice el encuentro, que el camino es largo y la carretera mala y oscura. Nos pitan y nos bañan de cerveza al salir.

Casi llegando de vuelta al pueblo, el semáforo en rojo. Carlos se detiene, obedeciendo la señal, y la pick-up que viene detrás no frena. El golpe nos estremece y saca de la vía. El agresor prosigue como si nada hubiera ocurrido. Sólo atinamos a ver que llevaban banderas e insignias del equipo local. Nos parece escuchar risotadas de burla alejándose en la noche.

En la prefectura ponemos la denuncia. Un par de policías desarreglados nos miran con fastidio. Es muy tarde para estar llenando papeles.

–¿Les pasó algo? ¿Algún herido?

Negamos.

–Bueno, criaturas, denle gracias a Santa Rita y váyanse a dormir.

Que tuvistéis más suerte que un cieguito.

Después nos piden que les demos algo, vos sabéis, para unas cervecitas, hermano querido. Les entregamos lo que tenemos en el bolsillo, que cuentos se han escuchado de cuerpos de seguridad corruptos y estamos solos por estos mundos.

Carmen tiembla de rabia y miedo.

–Esta tierra es espantosa. Tenemos que irnos. Lo antes posible. De inmediato. De una vez.

–Tranquila, mi amor. No pasa nada. Hay que tener más cuidado, eso es todo. Un par de años se van volando. En un descuido, no estaremos aquí.

Para evitarnos nuevos contratiempos, salimos lo menos posible. Al trabajo, a las oficinas, a hacer los recorridos que el deber demanda por los campos de producción y el lago; a hacer el mercado semanal; al banco para depositar los cheques de las quincenas, que alguna satisfacción tiene el sacrificio.

Tratamos con los compañeros de labor y con Harry Miller que viene consuetudinario los últimos de cada mes. Se sienta, se toma un café y un vaso de agua, nos pregunta cómo nos va y escruta sin disimulo el estado de las paredes y las condiciones del apartamento. ¡Qué molleja, vos! No habéis puesto ni un cuadrito, nos dice en alguna ocasión. Sonreímos sin dar razones. Para qué gastar en tonterías, en frugalidades, si la intención es otra, como estuvo claro desde el primer día. Le entregamos el cheque, nos da el recibo y se va silbando para refrenar las ganas de regañarnos y darnos algún consejo paternal.

Con el conserje y los vecinos no hemos pasado de un gesto con la cabeza al toparnos por los pasillos. La señora del apartamento de al lado nos ve llegar y salir, mostrándose por la hendidura de la puerta entornada que cierra tan pronto entramos o damos la espalda para bajar las escaleras.

Por la televisión, el campeonato mundial de los pesos pesados. En el segundo canal, la ceremonia del Grammy. En el otro, el último capítulo de la teleserie de moda. La calle está extremadamente tranquila. Una noche para descansar.

Prendemos el aparato ubicando el dial donde se transmitirán los premios musicales, y a los dos ventiladores de pie apuntando hacia la cama, y, echados sin arroparnos, vamos oyendo la traducción que se sobrepone al sonido original que arrulla nuestras manos que se juntan; percibiendo como en sueños la luz opalina que dimana de la pantalla y nos tiñe de azul las caricias y los besos.

A las once y media nos tocan la puerta a puño limpio, con violencia, sin piedad, sin tregua.

Me levanto, me visto con un short y una guardacamisa, y voy a abrir con un bate de beisbol en la mano. Carmen me sigue llevando un par de tijeras en el bolsillo de la bata de casa que se ha puesto apurada. ¡Malditos locos!

Giro el pomo de la cerradura y entorno la puerta, sin despasar la cadena, y asomo por la rendija. Cesan los golpes. Una señora morena, rayando los cincuenta años, vestida con un camisón negro: la vecina de al lado. Tras ella un hombre como de su edad que nunca antes hemos visto.

–Hijo, vístase que nos vamos.

–¡¿Cómo es la cosa?!

–Uno de los tanques implotó, hay un riesgo enorme de incendio. Vámonos antes que ocurra una desgracia.

Miramos por el ventanal. El movimiento de bomberos y el corre-y-corre del personal de seguridad y obreros estremecen. El tanque más próximo en el patio aledaño, tan alto como nuestro edificio y con un diámetro de cincuenta metros, está colapsado como una botella plástica a la que le han chupado íntegro el aire. Lo iluminan faros potentes de cientos de vatios para que los encargados puedan operar y su brillo metálico de armadura de coloso herido deja sin aliento por la inminente tragedia. Acertamos a tomar las carteras, la libreta del banco y los títulos universitarios, la única riqueza que poseemos, y salimos tal cual estamos tras los que han venido por nosotros.

En el camino nos cuentan que a los edificios los habían evacuado unas horas atrás. Como a las seis de la tarde. Cuando aún no habíamos llegado. No dejaron avisos ni vigilantes, que todo el personal de seguridad era requerido para atender la emergencia y la compañía había cumplido con notificar y cada quien a su riesgo, pues.

–Ella fue la que se empeñó en venir a buscarlos –dice el señor que ahora sabemos se apellida Reyes y es el esposo de la señora Graciela, nuestra vecina, como también hemos aprendido que se llama, aferrado al volante del automóvil viejo, inmenso y de tapicería desvencijada en el que vamos, concentrado en el camino mal iluminado, sin vernos por el retrovisor ni una sola vez –. Yo estaba de lo más tranquilito viendo la pelea por televisión, echándome una cervecita, vos sabéis, casa de mi cuñado en las afueras, y empezó con la cantaleta: «Reyes, mira que esos muchachos están solos en ese apartamento, sin saber nada de nada, a punto de quemarse, que si les pasa algo después eso va a quedar en nuestra conciencia, que seguro nadie les ha avisado, y son unos niñitos». Por mí, se hubieran asado hasta los huesos. Bien quemaditos en el infierno. Por altaneros, mal educados, engreídos y pare usted de contar. ¡Ni los buenos días dan! Ni un hola ni un hasta luego.

Malcriados, carrizo. Que así son todos ustedes los que llegan: unos pretenciosos que miran por encima del hombro, como si tuvieran agarrado a Dios por las barbas, y los del pueblo no fuésemos más que pupú de perro. «Ojalá y se tuesten a la parrilla», le dije, mirando las preliminares. Pero Graciela no tiene paz con la miseria cuando algo se le mete entre ceja y ceja. Que no seas así, Reyes, que Dios te va a castigar, que tú también tienes hijos lejos y quisieras que alguien le tienda una mano en la necesidad y el peligro, que esos muchachitos lo que son es tímidos y si fueran mala gente Harry Miller nunca les hubiese alquilado el apartamento que, vos sabéis, Harry tiene ojo clínico con las personas. Y tanto dio y dio y dio, que me terminé la cervecita que estaba tomando, dejé la botella sobre la mesita de la sala, agarré las llaves del automóvil, y dije: «vamos pues, que quiero volver rápido a ver la estelar». Y ojalá y la pelea no haya terminado por knock out en el primer asalto y me haya perdido el golpe, que entonces sí me voy a ofuscar y me van a caer peor de lo que ya me caen, que vos sabéis.

En el asiento de atrás, apretaditos uno contra el otro, escuchamos la monserga y Carmen agradece el gesto. La señora Graciela le sonríe:

–No, hija. No hay de qué. Cómo los íbamos a dejar así, a su suerte, tan jovencitos y tan solos. No señor, que uno es gente, y arriba hay un Dios que lo ve todo.

–De verdad, muy agradecidos – insisto; y quiero aclarar –; y disculpen si sintieron que alguna vez los hemos tratado mal, no es que seamos presumidos, es que nadie nos saludó al mudarnos y...

–Ay, hijo, olviden eso, ya es agua pasada; pero sólo como un consejo, para una próxima vez: ustedes son los que están llegando, debieron presentarse, porque, no sé cómo será en su tierra, pero aquí, el que llega viene y se presenta y saluda, y el que se va también.

Nos sonrojamos, tenía razón.

La casa del cuñado del señor Reyes – Jesús Alberto, para servirles, muchachos - es amplia, con porche, techo de asbesto, cinco cuartos con aires acondicionados de ventana, patio y jardín, con matas de mango y lechoza y aguacate y anón; y, para pasar la noche, nos habilitan un espacio en la habitación de Mayleny, la sobrina veinteañera de la señora Graciela, hija de su concuñada, la esposa de Jesús Alberto, la señora Maigualida, quien nos invita una cena que deben estar muertos de hambre después de ese susto; pero declinamos, a pesar de la insistencia, y las mujeres se van a la cocina a conversar y los varones nos sentamos a tomar cerveza y a mirar la pelea que gracias al Cielo no ha concluido aún.

Entre golpe y golpe de los boxeadores, me voy enterando que el señor Reyes también trabaja para la compañía. Marino en alguna de las gabarras que surcan el famoso lago, o bien en uno de los tanqueros que lleva el crudo a las refinerías de la costa o al extranjero, y pasa meses completos mar afuera. Por eso no lo habíamos conocido aún, que recién regresó anoche y no embarca hasta dentro de tres semanas. Tiene hijos que estudian en Houston con una beca que les otorgó la empresa y lo más seguro que nunca más vuelvan ni de vacaciones, que a esta tierra no la quiere nadie, mi hijo querido. Jesús Alberto, en cambio, trabaja para una contratista y se faja como los buenos en los taladros, que por aquí habrá cualquier cosa, menos gente floja, y solo tiene una hija, con Maigualida, por lo menos, que uno no sabe si haya algo por ahí de alguna picardía de cuando muchacho, porque el parto fue muy difícil y ni de bromas quiere poner en riesgo la vida de su mujer. Qué va, mi primo. Que mujeres buenas y honestas no se encuentran todos los días.

A pesar de la excitación vivida, dormimos a pierna suelta y al despertar tenemos desayuno con café con leche y arepas asadas y queso fresco y jamón y se las arreglan para conseguirnos ropa para que vayamos a trabajar y el señor Reyes nos monta en su carro y nos deja en las oficinas.

–A las cuatro vengo por ustedes. No me vayan a dejar esperando, que a quien me embarca le hago la cruz, y ustedes ya están en salsa, que vos sabéis.

La compañía nos reserva habitación en el hotel mientras se resuelve el problema, pero los Reyes no aceptan bajo ningún motivo que nos vayamos, sólo cuando lo del tanque esté solucionado y podamos tornar a casa que para eso son los vecinos, los amigos, para ser solidarios en los momentos duros, cuando hay crisis y desgracias.

Así, una semana pasamos bajo su cobijo, sin que nos permitieran pagar un mercado ni contribuir en nada que no fuese una que otra caja de cerveza o que Carmen participara en la elaboración de las comidas y la limpieza de la casa.

Y un miércoles a la tardecita nos volvimos al edificio. Nos abrazamos antes de entrar en los respectivos apartamentos, y, el señor Reyes, como si se hubiese acordado de súbito de algo que tenía pendiente, nos apuntó con el dedo:

–A ustedes, ¿les gusta la aventura?

Y uno es joven, por definición: aventurero; y respondemos que sí.

–¡Qué bueno! Entonces el sábado nos vamos de excursión.

Sin permiso previo arrastramos a Carlos con nosotros. Que son gente de primera, mi compadre, le dije aunque aún no es mi compadre, y en una caravana de tres carros enrumbamos - los Reyes, sus cuñados y sobrina, unos primos jóvenes y rocheleros que trabajan caleteando en el embarcadero del conocido lago, y nosotros - hacia el norte; adentrándonos en territorios de follajes tupidos y altos árboles de troncos como columnas griegas, hasta llegar a un río y una poza de aguas frías con reflejos de esmeralda y albahaca, donde acampamos con carpas e hicimos una fogata para asar los peces que pescamos y se cantaron canciones de protesta, de amor, de trabajo; se contaron chistes e historias de las familias que fundaron el pueblo cuando los mosquitos y las culebras eran los únicos habitantes del territorio, y bebimos cervezas y ron, y agua de coco y refrescos de frutas, y jugamos dominó y barajas, y hasta bailamos ritmos sincopados que surgían del reproductor de uno de los carros.

Ya anocheciendo, exhaustos y contentos, Carlos y yo contemplamos la luna y las estrellas en las aguas oscuras de la poza, refrescándonos con la brisa, comentando de lo sabroso que es esta vida tan próxima a los inicios de la civilización, y de lo mucho que uno se pierde embebidos en el día a día de las ciudades y el trabajo, y Mayleny nos trae una par de cervezas que nos manda el señor Reyes, y se nos queda mirando con desparpajo:

– Ustedes son los dos tipos más feos que he visto en mi vida. Uno chiquito, pálido y cabezón, como un duende con malaria. El otro: flaco, estevado y miope, como una horqueta con lentes. ¡Debieron estudiar para espanto! – y se va, cimbreante, con la frescura coqueta que le dan sus veinte años, de vuelta a donde las mujeres preparan la cena, desternillándose de risa, alborotando los pájaros que intentan dormir en la espesura.

Y, de esa sacadera de fiesta, uno sospecha que Mayleny gusta de Carlos, y nota que al futuro compadre se le hace agua la boca.

De lunes a jueves, el día se nos va en la oficina, en el lago, en los campos de producción, en las actividades del trabajo. Por las noches, vemos la tele, hacemos el amor.

Los viernes por la tardecita, Carmen y la señora Reyes y otras vecinas y conocidas se reúnen a conversar y comer torta y tomar café. Carlos y yo vamos a la cantina a reunirnos con los colegas de la compañía, que en estos pueblos perdidos de Dios no hay otra cosa que hacer en las horas muertas que tomar cerveza y jugar dominó.

Ya oscurecido, tras unas buenas partidas y comentar que nos ha ido bien, que nos han ascendido en el trabajo y nos han mejorado el sueldo y las condiciones, que no podemos quejarnos, a punto de marcharnos a nuestras respectivas casas, le propongo al futuro compadre ir a comernos algo.

Vamos a la plaza, al lado de la catedral. Nos apetece cenar arepas rebosadas, y quiero llevarle a Carmen, para desayunar mañana, un par de yoyos y un patacón mollejúo.

–Esta vaina es horrible. De aquí hay que irse, ¡y rápido! – oímos comentar a unos muchachos recién llegados que observan cautos el movimiento en los puestos de comida.

Carlos y yo cruzamos miradas. Sonreímos compasivos.

Tras el desayuno, a media mañana, Carmen contempla, acodada en el ventanal, el parque de almacenaje y distribución. Luce una sonrisa extática y una paz interna de lo más sospechosa.

–¿Qué ves, amor?

– El paisaje. Ese balancín parece una gallina picoteando tierra y, los de más allá, sus pollitos persiguiéndola. Los mechurrios me hicieron pensar en velas enormes de una gran torta de cumpleaños. A lo mejor llega Dios, las sopla, y pide un deseo. ¿No crees? Las nubes, como malvaviscos, tostándose en las flamas para endulzar el gusto de los ángeles...

– Estás de lo más cursi, mi vida – le critico juguetón, y, abrazados, nos damos un beso.

En diciembre la temperatura baja a treinta y siete grados centígrados y se siente fresco y vestimos suéteres gruesos - el gris con un Ratón Miguelito estampado o el azul con el logo de los Yankees de Nueva York -, y cantamos aguinaldos y vamos a la Misa de Gallo en la catedral y recibimos el nuevo año tirando cohetes y bebiendo cerveza en vasos con hielo, con Carlos y la familia Reyes; y en Carnaval jugamos con agua y colorante y huevos podridos, aunque la prohibición de hacerlo es antigua, pero a quién le importa si hasta la policía participa de la tradición, y vos no te preocupéis que ese es primo mío, bríndale una cervecita y no le ensuciéis el uniforme. En Semana Santa comemos pescados en salsa de coco y vamos a la procesión y, el viernes, a las playas norteñas a montar un sancocho y comer plátanos verdes machucados. Y Carlos y Mayleny cada vez más con corrientes químicas y eléctricas que no tienen cómo disimular, pero uno se hace la vista gorda y no dice nada, y ojalá, que hacen linda pareja y son de lo mejor.

Y una noche cualquiera de junio suena el timbre y Harry Miller y su visita mensual. Indiscretamente observa el estado de las cosas. Sus ojos se mueven detallando los rincones, la integridad del techo y la pintura, que no hay grietas en las paredes. Se toma un café con nosotros. Nos pregunta cómo nos va. Conversamos un poco de todo mientras le extiendo el cheque. Nos invita a cenar a su casa.

Tiene una quinta espaciosa en una ribera increíblemente limpia del famoso lago, con embarcadero y lancha y un jardín inundado de flores y un área para parrillas y una esposa encantadora y dos hijos adolescentes que lo quieren como a un dios.

Durante el postre, la conversación deriva por rumbos insospechados.

–¿Ustedes no han pensado tener familia? –nos pregunta ante el rubor incandescente de su señora y la sonrisa pícara de los muchachos–. Ahora son jóvenes, pero cuando espabilen, ni les cuento.

Justo de eso habíamos hablado con Carmen a lo largo de la semana. Cinco años de matrimonio, trabajo estable, ingresos que permiten ahorrar: éste es el momento.

–Ya estamos haciendo las diligencias –respondo con un dejo de pudor y Carmen baja los ojos directo a la cucharilla donde adormece un bocado de cascos de guayaba y queso crema.

–¡Qué bueno! Vais a necesitar algo un poco más grande. Propio. Donde los triponcitos tengan espacio para correr, jugar, tener sus cosas, su privacidad. ¿No creen?

Nos reímos. Uno ríe cuando no sabe qué decir.

–Estoy vendiendo una casita. Como para ustedes. Para que críen a sus hijos. Si les interesa, les doy un buen precio y un plan especial de pagos. Cómodo. ¿La queréis ver?

No me atraganto porque no estoy comiendo. Con educación, respondo honestamente.

– Gracias, señor Miller, de verdad, muy generoso de su parte; pero, usted sabe, aquí somos pasajeros en tránsito; en un tris-tras nos vamos.

El señor Miller nos dirige una mirada risueña, divertida, con esa piedad con la que se mira y sonríe a los tontos:

–¡Ay, primo! Petrolandia es como ciertas mujeres feas: el marido no las quiere, tampoco las abandona.

Carcajadas sonoras ribetearon la noche.

Tras la noticia del embarazo, el conserje y su mujer nos felicitan con efusión y nos regalan un juego de baberos que fueron de sus hijos, pero están como nuevos, y la señora Reyes, autoproclamada abuela putativa, no deja de velar por nosotros. Ayuda a Carmen a preparar la canastilla y la acompaña al obstetra en la consulta mensual.

Por ella nos enteramos que pronto habrá boda en la familia.

–Lo de Mayleny y Carlos va bien encaminado. Ya fijaron fecha.

Un poco de rabia da que no lo hayamos sabido por boca del futuro compadre; pero la jugada estaba en el ambiente, y nos alegramos.

Para el control mensual con el obstetra, para comprar la cuna, los pañales, los teteros, la ropita, ¡para el parto!, para que al niño lo chequeé el pediatra: debemos ir con mayor frecuencia a la capital del Estado, y, por supuesto, cruzar el portentoso puente, y el hermoso lago, por una carretera cuyo paisaje disfrutamos y nos gusta cada vez más. Sería bueno comprarnos un carrito, nos decimos, y decorar mejor la casa, que, ahora con el bebé, es justo que de vez en cuando nos demos nuestras satisfacciones, que para qué estar guardando plata en el banco si no la podemos disfrutar; y así hacemos.

Carlos también piensa que el dinero se hizo para gastarlo y, ahora que se casa, debe buscar vivienda y adquirir sus propios enseres y es el momento de pedir un préstamo a la compañía, que es un derecho, y de qué valen los derechos si no los podemos ejercer.

Quizá yo debiera hablar con Harry Miller y constatar si aquella oferta aún sigue en pie. Total, antes de irnos, podemos venderla, y, como inversión, es mucho mejor una casita que una libreta de ahorros.

El viernes a la tardecita, como de costumbre, con el compadre Carlos, que ahora sí es mi compadre, vamos a la cantina.

La rocola junto a la barra disparando vallenatos, cumbias, a Noel Petro y su "tarde vine a saber que te llamaban la araña". Las fichas de dominó tronando en las mesas. El aire acondicionado sobreponiéndose pretencioso al humo de los cigarrillos. El grito frenético de los que juegan billar al ganar la partida. Una cervecita vestida de novia.

–¿Te acuerdas, primo, cuando llegamos?

–Como si fuera ayer, mi hermano querido. Iba a ser por un ratico; y, di tú: viejos y jubilados.

–Sí, hombre.

Éramos y no éramos. Uno chiquito y cabezón. El otro flaco y miope. Los dos bien feos. Como si hubieran estudiado para espanto. Idénticos. Tomando su Regional directo de la botella. Con treinta y pico años más.

Y nos espeluznamos.

Y nos fuimos.

Ya no tan jóvenes. No tan invencibles. No tan temerarios. No tan ambiciosos. No tan audaces. No tan aventureros...

Sin la plata que quisimos.

Cada quien por su lado, que la vida marca rumbos diferentes.

Muy rara vez nos vemos ya con el compadre Carlos y Mayleny y sus muchachos. Las llamadas de Navidad, de Año Nuevo, los onomásticos respectivos.

De aquel pueblo, ni por los periódicos.

Pero de todo escape, de toda fuga, de toda mudanza, de toda salida, algo se nos queda, algo se nos olvida, algo se nos pierde, algo no regresa...

Y, también, algo uno se hurta, algo uno se trae...

Por ahí ronda y nos asalta. Durante el almuerzo de los domingos. O en la cena familiar de los viernes. O en las tardes plácidas cuando hablamos sentados en el balcón, al sentir el fresco aire de la montaña, al ver el cielo limpio y tan azul, a las nubes tan tranquilas.

SIEMPRE ASÍ

Y entonces ocurrió. Se apagaron las luces y quedamos a oscuras. Corrimos hacia la puerta; no pudimos abrirla ni tumbarla. Quisimos abrazarnos; no nos encontramos. Nos llamamos a gritos; no hubo respuestas.

Nos supimos solos.

No había nadie más a mi alrededor.

Paulatinamente las tinieblas se fueron disipando. Caras desconocidas se perfilaron hasta quedar nítidas y saturadas de detalles. Los otros: con la expresión de sorpresa que imaginaba en mí.

Con desconfianza los escruté, distanciándome, sin comentar, tal como ellos hacían. Adosado a la pared, me preguntaba dónde estarían mis amigos, mis compañeros. Después supe que todos tenían idéntica inquietud.

–¿Quiénes son ustedes? –varios, al unísono, balbucearon con timidez.

Alguien narró mi experiencia, en él. Los demás confirmaron en ellos la misma historia.

Abrimos la puerta: un lugar: ¿cuál?

Optamos por permanecer adentro, aferrados a lo único propio.

Uno estiró la mano y dijo: me llamo Guillermo. Otro: José, a sus órdenes. Margarita contó que venía de un pueblo marino donde la brisa se ausenta y deja al mar sin pájaros ni oleaje. Elena confesó que siempre ha querido ser poeta y tener cinco hijos que sean terribles y destruyan paredes y mobiliarios; y Auristela que cuando niña se orinaba en la cama; y Euclides que se chupó el dedo hasta los nueve años por más ají picante que sus padres le aplicaron en el pulgar...

Alguien puso música.

Aparecieron botellas.

Al pasar los días se acabó lo de la casa. Buscamos trabajo y descubrimos que el idioma puede ser una barrera; que las palabras adquieren significados diversos dependiendo del escucha. Joaquín y Jonás lograron ser cargadores en el mercado; Marta, Augusto, Eustaquio: barrenderos en el almacén; Elías, Isaac, Jacinto: pintores de brocha gorda...

Por las noches nos reuníamos a comentar la jornada. A escuchar canciones y melodías que Milagros punteaba en la vihuela. A disfrutar de lo poco que Asunción y Altagracia cocinaban...

Y entonces ocurrió. Se apagaron las luces. Quedamos a oscuras. Corrimos hacia la puerta. No pudimos abrirla ni tumbarla...

ÍNDICE

Colección destinada y concebida para noveles y no tan noveles escritores del campo de la narrativa contemporánea. Relatos cortos y breves, novelas y cuentos que dan los matices vivenciales a la existencia, estos tonos están presente en esta colección **N**.

Nombre de mujer
Arnoldo Rosas
ISBN: 978-980-7375-21-4
494 Págs.

"Nombre de mujer", de Arnoldo Rosas, una novela que nos habla del pasado, de lo que fuimos, de ese periodo tan brumoso a veces que damos en llamar 'juventud', es decir, del descubrimiento paulatino de la vida, y por tanto también de lo que somos. En "Nombre de mujer" es la estructura narrativa la que va dando sentido a lo narrado, un exquisito andamiaje en el que se dan vida un conjunto de voces alternas que, como piezas de un puzzle, van descubriéndonos poco a poco la imagen definitiva, no por perceptible menos compleja.

Massaua
Arnoldo Rosas
ISBN: 978-980-7375-17-7
494 Págs.

Massaua es una novela histórica, pero también un texto de aventura, de viaje o de crónica. Imposible no hacer el paralelismo entre Ismael, el entrañable personaje de la novela de Melville, Moby Dick, con el personaje principal que lleva el hilo conductor de Massaua, "el roblero": ambos inexpertos, ambos un tanto timoratos pero deseosos ante la idea de un primer viaje en barco y sus nulos conocimientos al respecto, el primero como pescador de ballenas, y el segundo, como buzo pescador de ostras.

El contador de arena
Ignacio Yepes Beltrán
ISBN: 978-980-7375-22-1
122 Págs.

El contador de arena. Son quince relatos que, empezando por "Caribe", le exige al lector su complicidad a través de diversos mundos producto de un trabajo concebido desde una escritura para atrapar, algunos enfocados desde la cotidianidad pero siempre sublimados como haría un gran hacedor de historias.

El Regalo de Pandora
Hector Torres
ISBN:
137 Págs.

Si algo se agradece a un libro, es que nos entretenga, nos divierta. El regalo de Pandora de Héctor Torres logra este objetivo a través de diez relatos. La imagen interiorizada de lo femenino y la presencia de la ciudad, son los dos elementos fundamentales en estas historias. El libro es una ofrenda plurivalente que lleva en su interior un compendio de buenas imágenes narrativas. Allí están las calles de una ciudad atroz y violenta, las que dan un respiro a cuentagotas en ese intento de modernidad.

Baruca
Numa Frías Mileo
ISBN: 978-980-7375-00-9
172 Págs.

Baruca es una historia de leyenda en donde las maldiciones y sus incautos protagonistas le dan fuerza a través de sus miedos. En este misterioso lugar confluyen los mitos de un pueblo y las penurias de personajes atrapados en sus propias psiquis. Pasado y presente se dan cita en Baruca para expiar culpas propias y ajenas de seres conflictivos, y por tanto, tan humanos como cualquiera, revelándonos hacia el final un secreto que genera más riqueza que el oro y por el que algunos están dispuestos a morir.

Piel Negada
Gustavo Tovar Arroyo
ISBN: 978-980-7375-07-8
164 Págs.

Gustavo Tovar-Arroyo sorprende con su palabra, y muy particularmente, con las imágenes que construye desde un imaginario erótico. El poemario tiene la particularidad de comenzar con un Preludio, que a manera de justificación, da sus razones para concebir su trabajo desde una óptica reconciliadora cuyo fuerte y punta de lanza es la carnalidad. Aquí el lector podrá entender el por qué de la aventura poética del autor y hacer un acto de reflexión, mientras una sonrisa, mezcla de gracia y un dejo de vergüenza, se le despierta en el rostro.

La Revancha del Silencio
Liliana Fasciani
ISBN: 978-980-7375-03-0
104 Págs.

Es una novela breve que se puede leer en un poco más de dos horas, pero que a medida que nos acercamos hacia la mitad del libro, colocamos freno en cada capítulo para seguir degustando de una narrativa propia de quienes escriben desde la pasión y con la consistencia verbal de una verdadera escritora. Marcela Grau, la protagonista, es juzgada en una plaza a la vista de todo el mundo. Las cámaras televisivas están en todos los ángulos posibles para llevar segundo a segundo el trascendental juicio.

Largo Haiku para un Viaje
Susy Calcina Nagai
ISBN: 978-980-7375-06-1
274 Págs.

El primer error que cometí fue dejar de llamarme Jaruko, cuando la gente se enamora es capaz de perder hasta el nombre. Así comienza la novela, con una trama que desde su inicio marca una travesía conmovedora, fascinante y trágica, pero absolutamente comprometida con la vida. Es la historia de la familia Rosso-Nakayama, que desde el oriente del mundo, terminó en Barquisimeto, Venezuela. Guerra, pasión, amor, honor y desencanto, son elementos fundamentales de esta obra.

Hojas de Romero
Miriam Marrero
ISBN: 978-980-7375-13-9
361 Págs.

Las hojas de romero se escogen con la tesitura propia de hechicera para dar magia que alegre y conforte a todos los sentidos, dos tazas como medida mínima para un cuerpo necesitado de su milagroso hacer, la almendra –que compite en aroma con el romero– se agrega en forma de una taza de tibio aceite, la sal marina se equilibra por cucharadas y son tres las requeridas, añádesele a esto la mirada, única de cada mujer, que encierra el petitorio a cumplir por el ancestral baño.

Escuela de Demonios
Jesús Sierra Acosta
ISBN: 978-980-7375-16-0
312 Págs.

Jesús Sierra Acosta deja al descubierto en Escuela de demonios, su dominio en cuanto a una variopinta cantidad de temas que pasan por la Cábala, la metafísica y todo un mundo holístico. Para cualquier lector no iniciado en la materia, esta curiosa novela puede fungir como una agradable puerta de entrada a temas siempre ocultos por su evidente subjetividad, pero que siempre llaman la atención por su misterio. Es una agradable lectura sobre lo desconocido, teniendo como eje focal, la realidad de un país que lucha a diario por salir del caos.

Verde que me Muero
Jason Maldonado
ISBN: 978-980-7375-05-4
264 Págs.

Verde que me muero atrapa desde la primera hasta la última línea por su tono desenfado de presentar una historia contemporánea llena de humor, pero que echa mano del drama, la pasión, el sexo y la muerte. Sus personajes cobran vida para presentar un país que da cuenta de una inseguridad avasallante, retrocediendo a un pasado que se torna inevitable para descubrir la verdad sobre una extraña carta que recibe su protagonista, Antonio Guerra, firmada por un viejo amor.

Silencio en el Convento
Luis Saldaña
ISBN: 978-980-7375-08-5
135 Págs.

Una buena obra comienza por el título y Silencio en el convento no es la excepción. Luis Saldaña entrega una novela en donde el misterio comienza a forjarse en el siglo XVIII y deviene hasta el presente tras la negativa de la Iglesia en cuanto a la construcción de un lujoso hotel sobre tierras que considera sagradas. El misterio, el complot y la confabulación están allí, en un tono casi fílmico que hace de la lectura un perfecto entretenimiento a medida que pasan las páginas.

Sentir la Sed
Gonzalo Himiob Santomé
ISBN: 978-980-7375-01-6
180 Págs.

El escritor Rubén Irtiago salió del ancianato para hallar un poco de aire, algo de la paz mental ya perdida y repeler un tanto su soledad. Era una tarde lluviosa y terminó sentado en una panadería junto a un extraño personaje, una mujer que parecía leerle hasta los más recónditos pensamientos. Sentir la sed hace honor a la historia que se va abriendo paso con el ímpetu necesario para atrapar la atención de los lectores. Deje un buen rato de tomar líquido alguno y prepárese a Sentir la sed.

Esta es una publicación autorizada de FB Libros c.a. Para ser reproducida por sistema de impresión por demanda por:

Made in the USA
Middletown, DE
31 October 2021